江海作家书系

女人和猫

倪苡 著

北方文艺出版社

图书在版编目（CIP）数据

女人和猫 / 倪苡著. -- 哈尔滨：北方文艺出版社，2023.2
　　ISBN 978-7-5317-5793-1

Ⅰ.①女… Ⅱ.①倪… Ⅲ.①短篇小说-小说集-中国-当代 Ⅳ.①I247.7

中国国家版本图书馆 CIP 数据核字（2023）第 022459 号

女人和猫
NÜREN HE MAO

作　者 / 倪　苡

责任编辑 / 赵　芳　　　　　装帧设计 / 书香力扬

出版发行 / 北方文艺出版社　　网　址 / www.bfwy.com
邮　编 / 150008　　　　　　　经　销 / 新华书店
地　址 / 哈尔滨市南岗区宣庆小区 1 号楼
发行电话 / （0451）86825533

印　刷 / 成都兴怡包装装潢有限公司　开　本 / 880mm×1230mm　1/32
字　数 / 190 千　　　　　　　　　　　印　张 / 7.75
版　次 / 2023 年 2 月第 1 版　　　　　印　次 / 2023 年 2 月第 1 次印刷

书　号 / ISBN 978-7-5317-5793-1　定　价 / 58.00 元

目 录
CONTENTS

失　语　　　　　　　　　／ 001

云　影　　　　　　　　　／ 017

风过桃林　　　　　　　　／ 032

剑　麻　　　　　　　　　／ 051

后窗上的爬山虎　　　　　／ 067

秋叶黄时　　　　　　　　／ 082

苏姗的夜晚　　　　　　　／ 099

储蓄罐　　　　　　　　　／ 120

月圆之夜　　　　　　　／　135

原　味　　　　　　　　／　149

女人和猫　　　　　　　／　161

张小元的爱情　　　　　／　178

蓝色日记本　　　　　　／　196

悬挂的收音机　　　　　／　213

仙人球　　　　　　　　／　227

失　语

　　李小余在阳台上站着,看见楼下空地上,两三个孩子逗着一只穿花衣服的泰迪犬。孩子们对那只泰迪犬的尾巴很是着迷,轮流瞅准机会冲上去摸一下它球一样的尾巴,一摸就带着笑声跑开,笑声在小区的上空漫天飞。李小余想:我怎么就不能因为一条狗尾巴发笑?那到底有什么能让她笑呢?想了一圈,没有。她整天像生了病似的,表情阴郁,走路拖沓。前天因为受凉嗓子哑了,连吵架都吵不了。她产生了跳下去的念头,这念头吓得她身子一抖,继而退回到客厅,透过窗玻璃看天空。灰蒙蒙的天空像灌满了铅,阴沉沉的。偶有一只身形娇小的鸟贴着云层疾飞,倏地一下就出了她的视野。一只飞翔的鸟离她越来越远,远到天涯海角。

　　李小余记不清自己的不快乐是从什么时候开始的。王冬每晚十点后回家,李小余可以接受,毕竟他是市人民医院的外科主任,饭局多纯属正常。王冬回家后,两只手在手机上忙个不停,像熟练的程序操作员。无论他是打游戏,还是聊天,李小余都不去关心，有些事太关心了，会让他不愉快，说不定也会令自己不愉快。李小余虽是市图书馆的一般工作人员，但从小到大，她都是戏迷。人生如戏，戏如人生，她岂有不懂之理。

去年元旦，王冬有了三天不明不白的出差，这之后就三天两头夜不归宿，理由是值班。李小余前天夜里头疼，打不通王冬的电话，就去了医院。她到现在都后悔自己的死心眼，非要到医院看个究竟干什么！

王冬当然不在值班。

李小余问了王冬科室的同事，确定王冬不是今夜值班，她仓皇地逃出医院。深夜无人的街头，寒风刺骨，李小余无声地流泪，她不敢大声痛哭，好像自己做了什么见不得人的事。她蹲下来，把头埋在臂弯里啜泣。后来一条狗在不远处对着她"汪汪"大叫，平时怕狗的她站起来向狗走去，对狗吼道："你咬我呀！咬我呀！"狗看见她走过去，却转身逃走了。

她跌跌撞撞地回到家，瘫在沙发上，想放肆地哭一场。这时儿子起来上卫生间，李小余赶紧关了客厅的灯，天大的事都不能影响马上要中考的儿子。她一会儿靠坐在沙发背上，一会儿又跳起来，像是要冲出门去，但放在门把手上的手最后总是松下来。她就这样折腾着度过了一夜。

天亮后，李小余像还了魂一样，打起精神给儿子做饭。儿子和往常一样，一言不发吃好饭去上学，并没有看见母亲血红的眼。到了上班时间，李小余发信息向单位请了三天病假。领导答应得很爽快，让她在家好好休息。李小余看着领导信息想了一会儿，忽然想起了一句话：偌大的地球，不多你一个，也不少你一个。

　　她把手机调至静音状态，在家躺了一天。将近天黑时，李小余醒来，发现手机上一个未接电话都没有，微信里除了几个微商发了微信，再无有用信息。她存在或者不存在，不影响任何人的生活，谁也不一定非需要她不可。

　　如果说这世上还有一个人需要她，那一定是儿子。李小余起来煮晚饭，她头痛欲裂，估计是感冒了。上初三的儿子，每晚下自习课回家后都要吃点东西。

　　今晚的儿子回家后也不例外，一边吃饭一边看手机。李小余很想跟他说点什么，她已经一天没有跟任何人说过一个字了，可她不知道跟儿子说点什么，最近儿子的脾气大得很。每晚回来，第一件事就是去房间拿手机，然后眼睛不离手机，吃饭走路，甚至刷牙。儿子刷牙是网上的规定动作，要刷三分钟才有清洁作用。三分钟，儿子便坐着刷牙，他一边刷牙一边翻手机。李小余看他刷牙都不放过手机，心里很不爽，总是要说上几句："就三分钟你都做不到不看手机？"儿子心情不好时，就呛她一句："一分钟都不能没有手机。"

　　她担心儿子的眼睛，可她没有办法让儿子放下手机。儿子的理由很简单，学校的学习生活已经够紧张了，回到家为什么不能放松放松？母子俩在手机不离手这事上从没有达成一致意见。特别是坐着刷牙看手机，李小余最不能接受，这动作本身就很奇怪。特别是早晨，李小余觉得早晨就是匆忙的代名词。儿子有时因为早上的时间不足，可以少吃早饭，甚至可以不吃早饭，但就是不肯克扣早晨刷牙的这三分钟，李小余心里笃定，儿子给足刷牙时间，是因为这三分钟可以看手机。

就在又一次早晨，儿子坐着刷牙看手机时，李小余跟儿子商量早上不看手机，只晚上看行不行。儿子说："前几天跳楼的高浩就是因为学习压力大，受不了了。"此后，李小余再也不敢为儿子看手机这事啰唆了。

儿子下自习到家后，吃完饭去卫生间洗漱，然后就回房间，整个过程，眼睛交给了手机，没看她一眼。李小余将碗筷收进了洗碗池，就坐到客厅沙发上。昨夜去医院的事恍若前世，但值班女医生看她的眼神，又像发生在刚才，那眼神是同情，又像是讥讽。那眼神只是一瞬，却刻在了她心上。

这个夜晚多么静啊，没有人声，没有狗叫。李小余决定等王冬回来，问个究竟。其实有什么好问的呢？不就是那回事吗？李小余就想吵架，狠狠地吵一架。去年元旦三天王冬的去向不明，李小余并没有放过他，正儿八经提出离婚，离婚的事八字还没有一撇，母亲便上门来，把李小余大骂一通。母亲说："你哥哥已经离婚了，你再离婚，是不是想气死我？我不管你有什么理由，你如果敢离婚，就不要认我这个娘。"

李小余说："明明就是他出轨了，妈怎么不讲理？"

母亲说："出轨了就离婚？出轨了的都离婚了吗？丫头，看开点，娘不会害你的。你看看哪个离婚的女人有好下场的？睁只眼闭只眼算了，天下没有雪白的猫。"

李小余并没有理会母亲的劝说，离婚的事闹了一个多月。王冬一口咬定，他是出差了，跟人合伙做医疗器械生意。李小余表示不信，既然是做生意的，为什么不告诉她。王冬说："告诉你有用吗？没用的话说了做什么？"李小余一时语塞，这做生意，她确实帮不上什么忙。最后两人为孩子抚养权的问题，谁都不让步，后来是儿子吼了一句："你们如果离婚了，我谁都不跟，去孤儿院。"

婚还怎么离呢？婚可以不离，但吵架总是可以的吧。李小余在沙发上坐着，设想了若干个问题，也设想了王冬会怎么答，但最满意的结果，她要王冬说出那个女人是谁，最好逼着他交出那个女人的电话号码，她当他的面骂那个贱人一通，那才爽呢。

这想法令李小余浑身发热，头脑发胀。她从沙发上站起来，想去阳台上吹吹风，无奈脚下一软。她到现在才发现浑身一点力气都没有，像一个软柿子。她发烧了，但她坚持坐在沙发上。

王冬是午夜十二点零五分回来的，看见李小余坐在沙发上，不免一惊，但还是很镇定地问了一句："怎么还不睡？"

李小余瞪着他，想问他昨晚到底去哪里了。李小余忽然发现自己失声了，嗓子眼儿像压着一块石头，使出浑身的劲，声音也出不来。

王冬倒是不罢休，说："你瞪着我干吗？有什么事你说出来。"

说话是一件多么简单的事啊，李小余从没想过自己会说不出话来。她急得抓住自己的脖子，那样子像是有鬼魂附体了似的。王冬看了她一会儿，说了一句："你又在玩什么花样？"

她知道他又在瞧不起她了，之前闹离婚那会儿，她急晕过几次，晕不多会儿又自己醒过来，真的像是装死一样。

王冬说着就要去卫生间洗漱，李小余过来拉着他，凑近他时，她忍不住用鼻子嗅了嗅，一股浓重的烟味直钻鼻孔。

"你这是要干吗？有事说事，动手干吗？"王冬说着甩开了李小余的手，李小余一个踉跄，差点摔倒。

王冬不禁笑起来："你真想成戏精啊，在家也演戏啊。"

李小余果真如演员一般，瞪得大大的眼睛里，两行清泪喷涌而出。

阳台上吹来一阵风，茶几上的富贵竹叶子晃了晃。李小余的身子也像被这阵风吹得晃了晃，她靠向墙壁，两手在背后扶着墙。她依然瞪大眼睛看着王冬，眼泪不断线地静静往下淌。

王冬终于明白李小余是出了什么状况，他表情严肃起来，问："你到底怎么了？"王冬靠过去，职业的敏感使他摸了摸李小余的额头。

李小余依然不说话，只是眼泪更为汹涌。

"怎么这么烫？发烧了？你可不能倒下，儿子还有三个月就要中考了，他可是最爱吃你做的饭。"

泪水模糊了李小余的视线，她哭得喘不上气，张开了紧抿的嘴巴，像一个哮喘病人。

"我带你去医院吧。"

"不！"尽管李小余竭尽全力喊着，可这个字还是卡在她的喉咙里，但她的动作和表情都很好地诠释了这个字。王冬听懂了。

"难道你就不管儿子了吗？"

每次他们相持不下时，王冬总能以各种理由扯到儿子身上。

李小余不服。

自己生病了，丈夫没有担心她的病，担心的是家里没人做饭。这不是她想要的看病的初衷，她不想去看病。

"不！"纵然发不出声音，李小余还是要喊这个字。

"好好好，不去不去，我熬生姜红糖水你喝，跟我有再大的仇，也要把身体养好才能报仇。"

说罢，王冬走进厨房。李小余跟进去，她不要他做什么汤。她进了厨房，王冬正在切生姜。李小余去夺他手里的菜刀时，王冬胳膊肘被李小余一碰，鲜血就从王冬左手食指上汩汩地流出来。李小余呆立在原地。王冬右手捏着左手食指，从厨房里出来找备用药箱。当他用右手去打开药箱时，左手上的鲜血像李小余的眼泪那样源源不断地往外流。

李小余不知是真傻了还是不想帮他，她就远远地站着，看着他小心翼翼地处理伤口，整个过程，如入无人之境。他是故意忘记家里还有一个她吗？

王冬包扎好伤口，看着李小余，似乎在等什么，可李小余一个字也没有说。她不知道说什么，也什么都说不出。王冬的目光在李小余的沉默中一点一点硬下去，接着起身去了卫生间。

李小余知道他现在不仅仅是嫌弃她，他们之间已经不是吵架能解决的问题。不过，自己为什么不可以像他一样？养好身体，才能跟他斗，李小余不想死，就要跟他耗。李小余从药箱里找了退烧药。

一夜无话。

李小余因为白天睡多了，基本一夜无眠。她在想，应该有一个什么样的人生？她难道就用母亲的话过完余生？母亲说人生较真的越多，失去的就越多，糊涂着糊涂着就平安喜乐一生了。可是听到的看到的怎么去装不知道呢？这多难啊。她在黑暗中闭着眼睛听着王冬的鼾声，这个一起生活了十六年的男人，不满意她，就去找别的女人行乐，却从来没有和她提过离婚。上次说到王冬出轨，母亲居然说："他外面有女人，你看见了吗？他跟你提离婚了吗？他比你成熟。"

李小余哭笑不得，这是成熟与幼稚的事吗？她能跟母亲说王冬还有更阴损的招儿吗？他已经有一年多没碰过她了！

李小余在凌晨五点就起来了，儿子的早饭是马虎不得的。

六点半，李小余照例去敲儿子的房门。儿子睡眼惺忪，门一开就去洗漱。早上儿子是不喜欢别人和他说话的，他说早上虽然起来了，但身体和思维都还有一半没有醒，别和他说话，他没有力气说话。

儿子上学后，王冬起来了。李小余没有像往常一样，给他盛饭。王冬只是左手食指上有一道伤口，还不至于盛不了饭。王冬喝了一碗稀饭，就出门了，自始至终也没有和李小余说一个字。

王冬出门后，李小余就又眼泪汪汪的，她劝自己，有什么好哭的，谁离了谁不能活？关键是怎么活。她要反抗，他们之间是不对等的。她在单位就是一个整理图书的工作人员。现在已经过了四十岁，她也没有想在事业上有什么发展。她在生活中也甘愿当配角，既然当不了主角，就老老实实当好配角。她的工作比较轻松，时间也是宽裕的，她把家里收拾得井井有条，结婚前还什么家务都不会做，这婚姻把她培养成一个做家务的好手。结婚时王冬承诺，让她先苦几年，等他赚了足够的钱，就请保姆，让她当全职太太。何为足够？这些年赚的钱不少不多，也没见王冬再提这个话题，大概是李小余做家务太专业了。

李小余想着想着也没有找到自己的出路在哪里，离婚无疑不是什么明智的选择，最大的障碍就是儿子。王冬不会放弃抚养权的，那么就因为自己所谓的争一口气，就选择不要儿子了？这无论如何是说不过去的。剩下的似乎只有一条路，让王冬全心全意对这个家，对她。怎么做到呢？想着想着，她睡着了。

李小余下午醒来时心怦怦跳，好像睡着的时间错过了什么大事。她一看时间，舒了一口气，吃了早上的稀饭，就去超市买菜。

现代科技就是好。她嗓子哑了，有什么关系呢？自己选好菜，柜台一扫码，这事不需要她说半个字就完成了。

前段时间，她还在大骂手机的发明者。王冬回家捧着手机，把老婆搁在一边。儿子回家捧着手机，手机比亲妈还亲。最可恨的是儿子说有手机，可以不结婚，他不寂寞的，手机陪着他比什么都强。

买菜回家后，时间还早，李小余就在阳台上产生了想跳下去的念头。她退回到客厅又想起那只鸟，想起它有清脆的声音，可以轻盈地飞翔，自在快活。而她还有什么，只有这难以收拾的残局。她轻轻试着叫了一声"李小余"，声音像躲在嗓子里怕见人似的，轻得只有自己听得见。她轻轻回答了自己一声"在"。

时间还早，天地间聚集着浓重的太阳光，令人喜悦。李小余打开了音响，播放了她最喜欢的《雷雨》中的一个片段。她喜欢这部话剧，大学时代她参加过这部话剧的演出，还拿了奖。当时她也不是主角，她这一辈子就上了那么一次舞台，那一次的演出成了她人生中的高光时刻。

她的嗓子依然不能正常出声，她只能对口型。这部话剧她一直不能忘。她假想着那个伪善冷酷的周老爷在和她对戏。李小余演得很投入。王冬就是在李小余演得最忘情时回来的。

王冬一进门，李小余的台词正好说到了这样一句："我的泪早就哭干了，我没有委屈，是恨是悔，是这三十年来一天一天受的苦。"王冬愣在门口。李小余停下了一会儿，又演了起来，她干脆就把王冬当作周老爷发发心中的怨恨，演完了鲁侍萍和周朴园老年时相遇的那一幕。王冬一直没有挪步，站在门后认真看着，直到这幕结束。

李小余给了王冬一个嘲讽的笑容，就去做饭。王冬跟进了厨房，但并没帮忙的意思。结婚以来，王冬就没有做过饭。最初结婚时，李小余做饭，王冬一旁陪着。他或两手抱在胸前，或两手插在裤兜里，王冬在厨房就只有这两种姿势。他手闲着，嘴巴可没闲着，他给李小余讲笑话，他的笑话多得如天上的星星。李小余就是在笑话中，很愉快地把自己训练成了做饭能手。

王冬今天没有讲笑话，他靠在厨房的门上，好半天才问了一句："你前夜去我单位了？"

这话一问，李小余心里骂自己是一个蠢货，怎么就忘记跟他算前天夜里的账了？她停下择菜，转身挑衅地看着王冬，说了一个"是"。虽然声音沙哑得几乎听不见，但她还是要斩钉截铁地说出来。

"我们两人的事情，不要到外面去说。今天我的助手告诉我，大家都在背地里说我的坏话。这对我有多不利，你知道吗？"

"这是两个人的事，还是三个人的事？"李小余一着急，这么长的句子，她的嗓子又不争气了。

她急得连呼吸都在颤抖，但这么好的一句反驳的话却喊不出来。

"以后别干这种傻事，有一个副院长即将退休，这位置全院只有我的希望最大，这节骨眼上你就别添乱了。"

李小余露出一脸的鄙夷。

"说了你别不信，我每天起早贪黑，拼命赚钱，是为了这个家，为了咱们的儿子。"

又来了，又说到儿子身上，为什么他每次都能转败为胜？只要说到儿子，李小余便觉得自己如果再闹，就是不爱儿子。

李小余不要再听，她将他推出厨房，关上门，一心一意做晚饭。

晚上的饭桌上多了笑声。王冬特别能逗儿子，以至于儿子都丢了手机，一边吃饭一边在父亲的幽默风趣里开心。王冬讲讲笑话，就看看李小余，像是叫李小余自己掂量掂量，要不要毁了这一切。李小余闷头吃饭，不说不笑，心里却翻腾着。这父子感情深，是不用怀疑的。那么儿子对她呢？她忍不住抬头看看儿子。

"妈，你怎么了？"

她赶紧摇摇头，朝儿子笑笑。

"你妈最近正在自我反省，认识到她往日的啰唆是不讨儿子喜欢的，她决定以后做一个安静倾听的好妈妈。"王冬接话真快。

儿子很配合王冬，开心起来："李小余是天下最好的妈妈。"说罢，父子二人哈哈大笑。

这笑声上一次出现是什么时候？李小余记不得了，但可以肯定的是自从去年元旦至今，李小余自己肯定没有笑过。

这一夜，她又失眠了，眼前总是绕不过晚餐桌上的情景，这其乐融融到底出自哪里？就是因为她两天来未吐一个字？

周而复始的白天又开始了。李小余煮了早饭，伺候好儿子去上学，也给王冬盛了早饭。

王冬吃着早饭，问了一句："你感冒好些了没有？"

李小余轻轻点了点头，就去忙家务了。王冬出门时，想要说什么，看到李小余只顾着洗碗，就什么也没说，出门去了。

李小余上午继续补觉，醒来后，她想起，三天了，明天应该上班了。三天的时间，单位里也没有谁和她联系过。她是一个可有可无的角色，这么想着，她又发信息请假，称自己病还没有痊愈，想再请三天假。领导同样爽快地答应了。

所有人都可以把她晾在世界的一个角落，她自己可不能忘了自己，嗓子有没有好些？她决定试上一试。她轻声说："李小余。"这一夜她像吃过灵丹妙药，嗓子比她想象中恢复得快，轻轻松松声音就发出来了。她又放开声音说："李小余。"除了声音清脆度还差一点外，其他的已经很好了。她欢快答应了一声："在。"

嗓子好了，可没有人和她说话。一屋子的寂静，让她感觉到空气的重量。她又打开音响，今天她演《雷雨》里周太太出场的那一段，她觉得自己演得最出彩的就是周太太这一句话："这屋子怎么这样闷热，里里外外像发了霉。"她几乎醉在了这句话里，她真的闻到了霉味。

下午去超市买菜，她选菜品时不需要和服务员说什么。结账时，收银员也没有什么话要和她说，李小余也想不出有什么要说的。她已经三天没有和别人说过话了。

楼下的空地上照例有一群小孩在玩，不远处的长椅上坐着几位家长在聊天。李小余没有看清是哪些人凑在一起，却听见了关于自己的消息，发布者是她对门的老太："听我儿媳妇说，我家对门的小李因为老公出轨，神志不正常了，这几天不上班，一个人在家唱戏。"

话说完，旁边一人提醒道："小声点，那不是小李吗？"

长椅上的一群人顿时哑巴了似的，没有了声音。

李小余没好意思往长椅处看去，好像是她说了那帮人的坏话。她低着头，匆匆向楼道走去。进了门的李小余喘着粗气，她需要平复一下心情，外面传闻老公出轨，自己神志不清，这两件都是大事。她反复回想这几天发生的事情。失声这三天，老公下班就回家，儿子放下了手机，餐桌上有了笑声。这是好事啊。

那么问题出在自己唱戏上，唱戏给她树立了一个神经病的形象，以后不唱戏就是了。

晚饭没有煮好，还有半个太阳挂在西边的树顶上，王冬就到家了。

晚饭忙好后，夫妻俩照例不吃饭，等儿子回家一起吃。王冬在客厅开着电视，玩着手机。李小余去房间躺着。她没有开灯，就躺在床上看天上那一轮大月亮，月亮在云层里穿梭，行走得很快，从一大块浅色的羊群样的浮云里穿过来，又进入了一大块山形状深色的浮云里，天空一下子暗了下去。房间里的灯忽然亮得刺眼，王冬站在房门口："嗓子还没有好？"

李小余先是摇摇头，后又点点头，躺着点头不容易，她觉得自己头点得很卖力，说不定颈纹和双下巴都出来了，做完这个摇头和点头，李小余的脸又冷下来，头扭向窗户，面对一个背叛她的男人，她犯得着这么卖力吗？犯得着在意颈纹和双下巴吗？

王冬说："那要去医院看看。"李小余继续看月亮，没理会他。王冬站了一会儿，就去了客厅。

银色的月光洒满人间，夜色温柔。李小余忽然想起今天是自己的生日，生日就像年龄一样，越来越老，越来越不受人待见。年轻时的生日就像年轻的面庞一样鲜活，脸上涂上奶油，一帮人海吃海喝，喝得醉醺醺，那才叫生日。现在的生日，老得就像人群中一张平平无奇的中年妇女的脸那样不被人留意。

日子水一样往前流。王冬有饭局也是照常参加，只是不再夜不归宿。没有饭局的时候，王冬回家吃饭，依然给儿子讲笑话。

李小余上班后不久发生了一件奇怪的事，同事小丁明着给她脸色。她一脸疑惑看着小丁，小丁是一个快言快语的人，对李小余说："装是吧，我跟杨的事就对你一个人说过，为什么单位里很多人都知道了？我拿你当朋友，你对我下刀子。"李小余想解释，可除了说"我没有"三个字，她还能解释什么？难不成变成福尔摩斯，给小丁破案去？这段时间以来，她已经习惯懒得说话了，误解就误解吧。

此后，李小余更加沉默了，无论在家还是在单位，她只说单词式的话，比如"嗯""好的""是的"这样极短的句式。李小余如果要和王冬说一件什么事，哪怕他们之间的距离触手可及，李小余也习惯微信发过去。王冬似乎并不反对这样的沟通方式。他们家中的大事小事都在两个手机间飞来飞去。她在房间，会发这样的信息给沙发上的他："家长会明天下午两点半。"就这样发信息，李小余习惯这样的句式。相对来讲，王冬就有些啰唆了。他在沙发上，会发这样的信息给厨房里洗碗的她："今晚的素菜多荤菜少，对儿子身体不利，明天多买点荤菜。"

李小余发现他们之间只有儿子这个话题，但她并不介意，就算他跟她说点其他的，说出来的肯定不是她想知道的，她想知道的，他永远也不会说。

王冬如愿以偿坐上了副院长的位置。当上副院长后，王冬应酬很多，偶尔也回家吃晚饭，吃饭后，就在手机上忙碌。有时深更半夜，王冬手机响了，就躲到卫生间小声地接电话。李小余猜到那头是什么人，但她懒得管，她从不问，王冬也从不解释。

有一次，王冬晚上喝醉了，半夜手机响了，他没醒来。李小余被手机铃声惊醒后，心怦怦跳，最近她常有这种心悸情况，她看见床头柜上王冬的手机屏幕上是一个叫"猫"的人的来电。李小余看看时间，午夜十二点。李小余猜想对方一定是个女人，只有女人会这样固执地在午夜让手机一遍又一遍地响。她看着王冬微张着嘴巴，呼声均匀，睡得很香。李小余伸手去拿他的手机，够不着。她蹑手蹑脚地下床,走向王冬的手机。她懒得管他的破事,他的电话吵醒她了,她果断地挂断电话,管你什么猫啊狗的。她刚刚放下手机,"猫"又来了电话,她继续掐断,如此反复几次。李小余想:这"猫"真烦人。她接通电话,对方"喂"了一声,果然是一个女人,没等李小余脑子转个弯,那人便问:"亲,钱到位了吗?"

李小余想问对方是谁,但她的舌头似乎有千斤重。

她真的不会说话了。在对方一连串的追问下,最后,李小余只憋出了一个字:"哦。"

云　影

　　马海平成年后，又见过娘两次。
　　刚过中秋，"噼噼啪啪"如水鞭子的秋雨停了，叶片被洗刷得晶莹透亮，闪着宝石般的光芒，风吹在脸上，软硬正好。这么好的秋天，老伴却愁绪汹涌。她说，年怕中秋月怕半。这中秋一过，年就快来了。老伴已经闹到用不吃饭的手段逼着马海平接娘回家，这事闹了有一阵子了。马海平从家里出发后，一路上不停地深呼吸。他感受不到这恰好的风，却觉得空气又变得稀薄了。这么多年来，他只要一想到娘，就开始一口接一口地深呼吸。他生活的城市，海拔只有四米。有时他在与人交谈时，猛然就来几口深呼吸，大多数人认为马海平心脏不好。
　　马海平选择步行去养老院，他脚步沉重，仿佛有铁镣铐着。他不确定自己能不能一鼓作气把娘接回家，他更怕自己后悔，转身，回家。可不接娘回家，怎么向老伴和儿子交代呢？儿子开的超市面临倒闭，事情的确很急，但事情如果都和预想的一样，那就不是急不急的事，而是一件很糟糕的事。

从家步行去养老院需要四十分钟，穿过中山路大街，就到了滨溪公园。马海平想到公园歇歇脚。中山大街不是很长，可马海平像在长途跋涉，每一步都迈得那么艰难。儿子的超市就在中山大街上，马海平经过超市门口时，扭头朝超市里看，时间是下午三点多，超市里一个顾客也没有。儿子在给四五个店员训话。看着清清冷冷的超市，马海平贼一样缩回头，匆匆走开。儿子的超市不大，商品品种不够齐全。在离儿子超市几百米的地方，上个月又新开了一家大超市，这是致命的打击。父母帮不上儿子的忙，没钱给儿子投资，确实有错。

马海平继续埋头赶路，路两边长着高大的梧桐树，可空气中像是源于秋季的本能，到处飘着桂花香。这香气撩拨得大街上的行人神清气爽。只有马海平像个病人，他神情阴郁，皱着眉头，双唇紧闭，似乎被这香气熏得想吐。他有些迫不及待地走到滨溪公园，在靠近公园大门的长椅上坐下，耷拉着眼皮，几口深呼吸过后，呆呆地望着眼前的一草一木。

右前方的那棵银杏，是马海平童年最重要的玩具。他抬头仰望银杏树那宽大的树杈，以马海平目前的视力，已经看不出那树杈是不是还那么光滑。童年时的暑假，马海平在大街小巷窜着窜着，就爬上了这棵银杏树，那宽大的树杈是他纳凉的好地方，他甚至可以在上面睡午觉。马海平生于 20 世纪 60 年代，那时他们家没有电视没有手机，大把大把的无聊时光没处打发，他就干走街串巷、爬树捉鸟这等事。

马海平望着那棵银杏，他听见了自己童年的笑声。他小时候是调皮鬼，最快乐的事是欺负弟弟马毛毛。他揪一下马毛毛的耳朵，然后猴子一样敏捷地爬上这棵银杏树，坐在树顶的枝丫上，晃荡着两条腿，朝树下胖乎乎的笨熊样的马毛毛大笑。马毛毛两手抱着树，两只脚底像装着滑轮，一步都上不去，只能放弃。除了踢着树干喊"你有本事就下来"之外，别无他法。马毛毛在树下叫，马海平在树上叫："小爷我要撒尿了。"说罢，他去解裤带子。马毛毛赶紧皮球似的滚远了。马海平在树上笑得整个人连同树枝一起颤抖。想到这里，马海平嘴角一动，不禁滑出一个微笑。如果马毛毛不溜，他会做出什么促狭事？他不确定。他小时候很浑蛋的。

童年的他可以理直气壮地欺负马毛毛。马毛毛比马海平小一岁，可长得比马海平大一圈。于是在穿衣服这事情上，马海平就吃亏了，只能穿马毛毛的旧衣服。从前日子艰苦，衣服是新老大旧老二，这不是什么稀奇事。马家是新老二旧老大，谁让你马海平长得没个老大样儿呢，只配穿马毛毛嫌小的衣服。新衣服马毛毛先穿，马毛毛块头大，穿旧了，马海平的身体也正好长到旧衣服那么大，旧衣服就归马海平了。马海平没有身体上的优势，却偏偏喜欢欺负马毛毛。不欺负马毛毛，他的怨气怎么出？

马海平十岁后，就不再欺负马毛毛了，而是恨，当然更多的是愧疚。这么多年来，每逢暴雨天，马海平无论是在阳台看雨，还是在窗前看雨，马毛毛都会从暴雨里冒出来，在他眼前晃来晃去。

别看马海平人长得瘦小，可他最喜欢称自己是男子汉，他小时候就没哭过。谁给他委屈，他就还回去。所以才有了后来的事。后来的事是他欠娘的，欠马毛毛的。

马海平成年后第一次见娘，是在父亲的葬礼上，也就是四年前。父亲一咽气，老伴就让马海平即刻去料理父亲的后事。她说，马毛毛死在九岁的那场雨里，父亲的儿子就剩你一个了，你去是顺理成章的事。马海平当然清楚老伴的意思，她不就是惦记着父亲的那点遗产吗？十岁后，他没踏进过老家一步，现在忽然亲儿子似的，马海平有点心虚，但不管怎么说，他确实当过他们十年的儿子。

　　父亲咽气的第二天，马海平非常忐忑地出现在娘家里。娘茫然地看着马海平。马海平艰难地叫了一声，娘。马海平话音刚落，娘就老泪纵横，不一会儿娘哭晕了过去。他和娘的这次相见，居然没说几句话，不知道娘是不是还恨着他。

　　娘年纪大了，父亲的丧事由马海平操办。父亲生前的亲朋好友并不多，前来悼念的也没几个真正伤心的。在马海平离开的这几十年，父亲是怎样对待生活的呢？跪着烧纸钱的马海平使劲回忆着父亲对自己如何，却忽然发现他对父亲没什么印象，也就是说，他来给父亲办丧事，不是亲情使然，他潜意识里也是和老伴的意图一样？他不禁抬头看了一眼父亲的黑白照片，照片上的父亲慈祥地看着他，他羞愧地低下了头。听说人死后，还有不死的灵魂，父亲那只剩二十一克重的灵魂是否就藏在眼前丝丝缕缕的烟雾中，一丝不差地看穿了他的企图？

　　现在的马海平反复咀嚼细节，他确定在父亲的葬礼上，他忘记了流泪。银杏树下一个七八岁的小男孩摔倒了，一位年轻女子奔过来，抱起小男孩，年轻女子泪如雨下，泪星子被风吹得四散。马海平望着向公园外小跑的年轻女子,觉得自己脸上凉凉的,似乎那位年轻女子的泪被风吹到了他的脸上。时间一下子回到几十年前,那夜,马海平肚子疼得在床上打滚,父亲不在家,娘也是这样泪珠子不断,抱着马海平,小跑着去医院的。

马海平痛苦地想:天下的娘都是一样的。

马海平站起来向养老院走去,一片银杏树叶应和着马海平的一声长叹,悠悠地落在他坐过的长椅上,他决定只是去看看娘,不一定接她回家。他还没来过养老院,长大后第二次见娘是一年前。

一年前去见娘,也是老伴逼着去的。老伴让他去找娘借房产证,儿子刚开超市,需要贷款。那时娘的身体状况已经不太好了。马海平去的时候是下午两点,想不到这个点娘居然在吃饭。娘吃的是稀饭和咸菜,看到马海平,娘问马海平有没有吃饭。马海平说现在是下午两点了啊。娘笑笑说,娘都老糊涂了。说着,喝完了碗里的一口稀饭,站起来问马海平,我这是要干什么的,怎么一眨眼就忘了?她两手撑着桌子,悠悠站起,身子摇摇晃晃。马海平赶紧扶了娘一把。娘说,娘的事还没办完,不会死的。

马海平看着娘拿着一只空碗和一双筷子去厨房的时候,百感交集。他甚至忘了说一句帮她洗碗的客气话。娘八十多了,背驼了,走路颤颤巍巍的,跟着颤动的是额前还有两鬓垂下的几缕白发,风烛残年大概就如此这般吧。马海平又看看桌上的一只咸菜碗,一点肉星子都没有,娘是有退休工资的人。钱到哪里去了?马海平悲楚的心情变得复杂起来。

娘洗好碗，从厨房里出来，看见马海平望着桌上的咸菜碗出神。娘的笑眼眯成一条缝，说，平儿过来看。说着，娘拉马海平去了冰箱那儿，从冰箱里捧出一只大瓷碗，满满一碗咸菜肉，娘端给马海平吃。马海平记起了小时候，家里偶尔买一两斤肉，到家后，娘将肉洗干净，往清水里一放，煮熟了，切成几块，埋进干咸菜罐里。娘等两个孩子肚子里实在没油水了，就从罐里摸出一块肉切成肉片，给两个孩子解解馋。调皮的马海平常常趁家里没人时，从咸菜罐里偷肉吃。娘今天端着咸菜肉给马海平吃，看来是知道马海平那时偷吃咸菜肉的事，可马海平从没有因为偷吃这事挨打过。马海平心头一酸，用手拿起一块咸菜肉放在嘴里嚼起来。

娘关上冰箱说，时间紧啊，来不及啊。说着就去了阳台，阳台上有一把藤编的椅子，椅子上放着棉布坐垫。娘坐到椅子上，戴上老花镜，在肚子膝盖上裹上毛毯，织起了一件黄色毛衣。

看见黄色毛衣，马海平一阵哆嗦，他悲痛地闭上了眼睛，好像那黄色毛衣闪着万丈光芒，刺得他睁不开眼。说起来别人都不会相信，马海平长这么大从没穿过黄色毛衣。黄色毛衣是他心头的一根刺，一根永远也拔不掉的刺。

马海平生下来一个月就抱给叔叔家了。叔叔家条件还好，只是结婚好几个年头，婶婶生不出孩子。马海平在家排行老四，父母为一家人的生计整天愁眉苦脸。经大人们商量，马海平过继给了叔叔家，马海平认婶婶为娘。马海平来了没几个月，娘就怀孕了，后来就生下了马毛毛。

马毛毛生来块头大，马海平一直很瘦小。外人看着两个孩子的身形差距越来越大，暗地里都说这亲生的跟抱养的就是不一样。其实在吃饭问题上，马海平确实没有被欺负，只是马海平食量太小。关于穿衣，马海平来到人间的第一份恨，就是来自穿旧衣服。只有在过年时，娘才特地给他做一件新衣服，平时的他只有穿旧衣服的份儿。更可恨的是，马毛毛每穿上一件新衣服，都在马海平眼前走来走去，配上那骄傲的表情，神气得像威武的将军。马海平气不过，也质问过娘，为什么他总是穿旧衣服。娘让马海平以后多吃饭，吃得身体壮过弟弟，弟弟就穿旧衣服。马海平听了，真的努力吃起饭来，但他怎么吃，都吃不过马毛毛。马毛毛每顿都会比马海平多吃半碗，吃饱了的马毛毛骄傲地在马海平面前拍拍圆滚滚的肚子。

马海平的反击是在他十岁生日那天。娘在前一天织好一件黄色毛衣，说好了这件毛衣归马海平，算他十岁生日礼物，可穿惯了新衣服的马毛毛哪肯罢休，要知道这是他们第一次见到毛线衣，以前穿的都是卫衣。第二天当马海平要穿上那件黄色毛衣时，马毛毛抢着不罢手。父亲已经上班去了，娘在忙早饭。马海平和马毛毛为一件毛衣大打出手。娘闻讯赶来，夺下了毛衣，给了马海平，还给了马毛毛一巴掌。马毛毛放声大哭，哭声盖过了外面下着的倾盆大雨。马毛毛的哭声穿透力很强，像强电流击中别人的心脏。这哭声让马海平心烦气躁，他想生日的新衣服要被马毛毛的哭声搅黄了。他脑中突然出现一个巨大的黑洞，拥有新毛衣的幸福感一下子跌进了那个大洞里。就在马海平恍惚的那一刻，马毛毛跑进雨里，一屁股坐在地上，仰着头，张着嘴，他哭一声咽一口雨水,再哭一声,再咽一口雨水。娘拼了全身力气去拉,也没能将马毛毛从地上拉起来。娘没了办法,她让马海平把毛衣给马毛毛穿一天。马海平咬着嘴唇,埋头看看毛衣,忽然狠心地将毛衣扔进外面的雨中,并冲上去踩了两脚,然后对娘喊了一句,你偏心!

马海平冒雨向自己家走去,结束了他的抱养岁月。亲爹亲妈劝他回娘身边去。马海平说,如果你们不要我,那就让我去流浪好了。

马海平不再去娘家,这事也不算什么大事。娘因为马毛毛生病,也顾不上喊马海平回去,但壮如牛的马毛毛因为那么一次淋雨,居然高烧不退,没能活下来。马海平就没脸去见娘了。娘后来也没请他回去过。

"我可不能毛衣织不完就去见你爹啊。"娘说话的工夫眼睛不离毛衣,她左手的大拇指直着,拿针的姿势有些奇怪。在娘拿碗的时候,马海平就发现了,估计这根手指头是废了。这么大年纪的人,有根不中用的手指头也不足为怪。马海平看着娘的手指头,想着自己的身体也常常这疼那痛的,真的老了啊。自己老了,哪一天去了也没什么好怕的,就是不放心儿子啊。儿子快三十了,还是犟着不肯结婚,硬是要先立业再成家,认为只有出息了有钱了,才能娶上漂亮姑娘,但这立业哪有那么容易呀。

娘织的毛衣是最老款的那种,清一色,没有花样,都是平针。织毛衣的竹针也是最老式的细细的那种,不是现在时髦的棒针。是的,这是过去毛衣的织法,娘现在织着的这件毛衣,非常像马海平和马毛毛拿命去争的那件，如今看来，真是没看头，颜色、花样、针法都有蒙尘的味道。现在谁穿这样的毛衣啊，娘真的是老了，不知道现在淘宝上随便一件几十块钱的毛衣，都会把她织的这件毛衣甩出十条街。马海平猜不透娘织这件儿童毛衣的用意是什么。

马海平想着小时候的事，不知如何跟娘开口。自己那么小就离开娘家了，没有孝敬过爹娘，又有什么脸面跟娘借房产证？娘自顾自说，你小的时候，家里穷。马海平赶紧接上话，说，娘，现在我也穷，你把房产证借我去办点贷款吧，你孙子要开公司，还差点钱。

娘说，什么房产证？

马海平说，就这房子的房产证啊。

娘停下手里的活儿，看看马海平，又看看西斜的太阳，太阳被万千迷离的金色包裹着。娘说，太阳快要落山了。

马海平说，娘，不说太阳，我们说房产证，我只是借，难关一过，就还给你。

娘说，平儿，不急，快了。

娘说完，又埋头织毛衣。马海平站在一旁，他不知道娘说快了是什么意思。接下来，娘还是不说房产证的事，她唠叨着毛衣，说现在她老是犯困，一件毛衣织好几个月也完不成。马海平还是看着娘手中的毛衣，她织儿童毛衣干什么呢？马海平没有心思研究毛衣，他仍旧等着，娘不是说快了吗？再等等。可娘说着说着，手里拿着毛衣，居然在椅子上睡着了。马海平推醒了娘，又问房产证在哪，娘又重复着那句，什么房产证？

马海平觉得娘是故意装呆,这故意装呆就是精明。房产证肯定是要不到了,他就回家了。老伴说,不求她,这么狠,看她死了谁给她收尸。儿子也是一肚子的不开心。马海平也觉得娘有些不近人情,就这样,马海平一家跟娘赌气,再也不提房产证的事。

马海平依然艰难地走在去养老院的路上。梧桐树的叶子黄了。马海平不喜欢所有黄色的东西,就算梧桐树的叶子像仙子那样在空中飞舞,他也不喜欢。几十年后的今天,马海平不喜欢黄色的东西成了一种习惯,不像刚开始的那几年。刚开始的那几年,他看见黄色的东西就会想起那件毛衣。今天,他除了想起那件毛衣,还想起了马毛毛。他走到文昭路最东头的桥上,麦芒样的雨在风的催赶下,斜斜地落在马海平的脸上,他想到了那场雨,想到了被那场雨带走的马毛毛。顿时,马毛毛像是坐在他胸口上大哭,使他胸闷难忍,他大口大口地深呼吸,像当初伤心欲绝的马毛毛一样,马海平也一口一口地吞咽着雨水。

他哪有脸记挂娘的房产证?老伴说,马毛毛都不在了,你是养子,家产归你,你要替毛毛给二老送终的呀,有什么不好意思的?这房产证不给你,难道烧成灰,带下棺材?

你不要棺材棺材的,娘又没死。

她都八十三岁了,死也死得,活也活得。我如果能活到八十几岁,我的命随时可以交给阎王。

这次争论,老伴把自己都搭进来了,马海平没再吭声。

就在上个月,娘过了八十三岁的生日。老伴就像热锅上的蚂蚁，没事就在家里转来转去，嘴里念叨着，不是说大仙通灵的吗？

儿子每天很晚才回家，超市生意不景气，他脸阴沉得能拧出水来。一年前，他对马海平夫妇说过，怎么算你们这几十年也多多少少有点积蓄吧。可马海平夫妇真的没有存钱，才想去借娘的房产证贷款给儿子。父母没能拿得出钱支持他，自此至今，儿子一到家就沉着脸，好像即使父母这辈子没欠他的，上辈子也肯定欠了他的。

马海平在家处处小心，老伴和儿子像火药桶子，一碰就爆。马海平已经不是小时候的马海平，他的厉害都在小时候用完了。自从马毛毛出事后，马海平像变了个人似的，他对任何人都小心翼翼的。

马毛毛的命丢在马海平手里，马海平常常噩梦连连，他这辈子都不想再有意外出现在他身边。他甘愿做一个受气包，谁心情不好，都可以拿他出气。他像沙袋，任你拳头如雨点，他也不会反抗的。

如今老伴来真格儿的，她从昨天开始绝食了。马海平只能硬着头皮来养老院接娘回家。

养老院坐落在城的最东头。马海平走到养老院时，雨停了。他站在养老院大门口吁了一口气，这是他第一次来到这个地方。他此刻感到的不是陌生，而是荒凉。这所养老院是水泥大门，水泥路面。现在是下午四点多，天灰蒙蒙的，天空像铺上了一层水泥。养老院门前一棵树都没有，铺天盖地只有孤独的水泥，就连天上刚巧飞过的一只麻雀，也是这灰灰的水泥的颜色。马海平将这灰色定义为老年的颜色。

他进养老院时，心里是不安的。自从娘进了这养老院，他从没来看过她，这一来就是要接她回家。好孝顺的儿啊，马海平却有一种非同寻常的恐慌。

马海平进了大门，院内只有四排老式平房，从房子的外观看，是20世纪建成的。这显然是政府扶持的收留孤寡老人的养老院，而不是配套齐全的护理医院。马海平问了两位散步的老人，就寻到了娘的住处。

门是开着的，娘背对着门叠衣服。屋内陈设很简单，一张平板床，一张小方桌，一把木椅，洗脸架上放着毛巾和脸盆。床铺对面的南墙上有一扇小窗户，屋顶悬着一盏电灯，电灯没开，光线很暗，所有家具都蒙着老年的色调。

马海平站在门外不作声，他看着娘微微弓着的背，忽然觉得她很可怜，这世上也就他跟她似乎有那么一点点亲情关系，她活着的痕迹一点点被抹去，即将归零。她只剩这最后的呼吸，却也有一只无形的手，向她的口鼻伸去，夺去她呼吸的权利。

娘叠衣服的动作不利索，一件衣服重复着叠。马海平进去喊了一声"娘"。娘转过身，揉揉眼睛，看看马海平，娘笑了，说，平儿，你怎么知道娘今天要回家的？

娘，我就是来看看你，不是接你回家的。马海平慌忙说。

来了正好。我已经办好手续了，今天回家。

马海平没想到事情竟然会这样。他来时路上都在犹豫，要不要接娘回家。现在是娘自己要回家的，可怪不了他，这么想着，马海平就上前去帮娘收拾。东西并不多，装在一个背包里，娘手里还拎着一只小包。马海平叫了出租车，娘让马海平也坐后排。一路上，娘只拉着马海平的手，并没有说任何话，她安详地闭着眼睛，头微微侧向马海平。马海平看着娘，他又开始深呼吸。司机五十多岁，跟马海平年龄差不多，听到马海平不停地深呼吸，问要不要开窗户。马海平说，不用了，娘在睡觉呢。司机说，如今的年轻人都是嫌父母唠叨，也只有到了我们这把年纪，才心疼起父母，我的父母不在了，不如你有福气。

马海平没有答话，他看着窗外的景色迅速后退，这像极了人生，什么都在迅速退去。

到了娘家门口时，马海平喊了几声"娘"，娘真的睡着了。她睁开眼问，这是到哪儿了？马海平说，娘，咱们到家了。

娘愣会儿神，终于明白过来。

打开门，家里有一股霉味。马海平先去开窗，娘拎着她的小包去了房间。马海平去开房间的窗，他看见娘从小包里拿出一件毛衣，一件绿色的儿童毛衣，放在床上。娘再打开衣橱，将一件件毛衣拿出来，放在床上。

马海平怔住了。整整七件毛衣，赤橙黄绿青蓝紫，光彩夺目。幽暗的房间里瞬间添上了一道彩虹，亮堂了。

毛衣放好了，接着，娘趴到地上。马海平吓了一跳，他看见娘从床底下摸出了一个文件袋。她想再爬起来时，就做不到了，她手臂发软，撑不住衰老的身体，爬不起来。马海平赶紧将娘扶了起来。

娘坐在床边喘着气,说,老了,不中用了。说着,打开文件袋,拿出了房产证和工资卡。她把房产证和工资卡放在那堆七彩毛衣上,对马海平说,平儿,都拿走。

马海平立在床边,他不知道说什么好。

娘说,我的身子我自己清楚,我的日子不多了。

马海平说,娘长命百岁。

娘说,毛衣没织完时,我和老天斗过,我不会轻易走的。娘停顿一下,接上一口气,接着道,我也承诺过,等我织完毛衣,老天随时可以来取我这条老命。

马海平又开始大口大口地呼吸。难道娘听到了什么风声,自己和老伴那卑鄙的想法被娘知道了?

娘说,这屋子太闷了,你赶紧拿了走。说着又开始喘气。

黄昏正悄悄降临,房间里除了闷,光线也不是很好。

马海平还是站着。娘说,平儿,娘很困,没力气了,你自己拿啊。后半句娘是闭着眼睛说的,她真的是要睡觉了。

马海平伸出手,他浑身都在抖。他的表情瞬息万变,惊讶、羞愧、悲痛。娘这突如其来的举动,让马海平有些眩晕,他的心狂跳不已。他伸向毛衣的手剧烈地颤抖起来,怎么也够不着床上那堆闪着彩虹光芒的物体。

老伴的话清晰地响在耳边:我们儿子的超市都快垮了。你说你娘也真是的,八十几岁的人了,霸着房产有什么用?那个大仙算命从没失手过。说了你娘今年就算熬过生日,也不可能熬过中秋。现在中秋已过,她为什么还好好的?一定是她住在养老院,捉她的小鬼找不到她,你得赶紧去把她接回家。

外面狂风大作，房间里蹿进丝丝凉气，一片移动的乌云遮住了黄昏仅剩的薄薄光线。黑团团的云影透过窗户，先罩住了马海平伸出的手，慢慢地又罩住了马海平的身体，最后整个房间都黑下来了。

马海平的手依然在半空中抖着，房间里仿佛真有小鬼，小鬼没有去捉年迈的娘，而是捉住了马海平的手。

风过桃林

1

李小莫站在北窗边,望着夜空中的半个月亮,忽然想起了桂花,她把目光投向楼下的几棵桂花树。这个秋天有些潦草,已过十月中旬,桂花还没有开。去年的这个时候,桂花已开了两次,今年却迟迟不开,叫人无可捉摸,就像宋标。李小莫跟宋标结婚十几年了,准确地讲,宋标像一只蚕蛹,躲在蚕茧里,把自己裹得密不透风,李小莫从不知道他真实的模样。上个月他提出离婚,就像当初跟她结婚那样突然。李小莫问为什么,宋标说:"儿子已经去上大学了。"李小莫说:"那我的作用就是给你生一个孩子,并把他抚养到上大学?"宋标说:"随你怎么想。"

李小莫没有同意离婚,他们冷战了一个多月。李小莫想的是宋标的念头会被一天天磨平,他会渐渐安于这种平稳的生活。李小莫是小学老师,宋标是初中老师,两人都是学校的骨干,日子过得相当顺畅。这样的日子李小莫觉得很好,就算家务活大部分是自己做，她也毫无怨言。宋标要上晚自习，她没有晚自习，早早放学，回家干点家务活也不算多大的事。

现在是夜间十一点半。站在二楼的李小莫看见宋标被人扶着进了楼道，听声音，扶着宋标的是他的发小。李小莫赶紧去开着门等，宋标醉得如一摊烂泥，软塌塌的，发小把宋标扶到客厅的沙发上便告辞了。

沙发上的宋标仰躺着，很快打起了呼噜。李小莫站在沙发前，看着这张依旧俊美的脸，心里一疼，眼泪哗哗地往下流，泪水打在宋标的脸上，有一滴滴到宋标的眼睫毛上。宋标的眼皮子动了几下，李小莫往后退了一步。宋标并没有睁开眼，呼噜声又高昂起来。

李小莫听说过醉酒会死人的。他会这样死去吗？李小莫被这想法吓了一跳。"我希望他死去吗？"李小莫轻声地问自己。

"让我去死。"宋标口齿不清地回答。

"谁说要你死了？啊？"李小莫赶紧争辩了一下。

李小莫话音未落，宋标的呼噜声继续响起。李小莫不确定宋标是不是听见了刚才那些话，继而蹲下来推推他："你说话啊。"

宋标呼噜声忽高忽低，任由李小莫推搡，他像案板上的肉一样，你把他摆成什么样，他就是什么样。李小莫把他的手臂拉直或弯曲，他都没有反应，倒是他裤兜里的手机像鱼一样滑到地毯上。

李小莫的注意力转移到宋标的手机上。关于手机，他们俩有君子协定，谁都不看谁的手机。这协定看似平等，其实并不平等。李小莫下班回家后，手机随手往鞋柜上一放，就再也不关心手机了。而宋标除了睡觉，其他时间手机都不离身，像保密局工作人员。李小莫也好几次想过手机这事儿，宋标肯定有问题，手机里肯定有问题，但她从没有发现他的破绽。李小莫想着自己怎么着也算知识分子，捕风捉影之事不是她该干的，但现在情况不同了，宋标已经提出离婚，她还需要假清高、不看他手机吗？这是一个非常好的机会。

李小莫抓起宋标的手，将手指一个一个按在指纹解锁的位置，最后在他左手的中指上找到了解锁指纹。李小莫打开手机，去了房间，准备拉网式地排查。还没等她到房间，就看见了置顶的微信是值得她怀疑的。对方微信名是"沙滩上的鱼"，宋标没有重新给"沙滩上的鱼"备注真实姓名。宋标在今晚上十点多的时候，给"沙滩上的鱼"发了一条奇怪的信息："我愿做一只雄蜘蛛，只为你。"

李小莫思考了很久，没搞明白这句话的含义。她继续看他的微信，聊天记录只有这条内容很玄，其他微信都是贴到大街上也不会有人多看一眼的大白话。

这是一条不寻常的信息。李小莫知道宋标最怕蜘蛛，抑或说最怕见到蜘蛛。结婚这些年，家里偶尔出现一只蜘蛛，宋标都要惶惶然好几天，他坚信只要看见蜘蛛，必有倒霉事发生，这奇怪的念头是从他母亲身上得来的。宋标母亲在宋标小的时候就出事了，出事的前一天，宋标一家三口正在吃晚饭，忽然饭桌上空悬下一只大蜘蛛。宋标想都未想，从纸盒里抽出一张纸巾，一抄手，在空中划了一条优美的弧线，捏死了那只蜘蛛。宋标这动作快得只容得下母亲说出一个字"别"。宋标问母亲："怎么了？"

母亲懊恼不已地说："这种肚子大的蜘蛛跟那种细长腿肚子小的蜘蛛不一样，这种肚子大的蜘蛛是来报信的，要有倒霉事发生了。"宋标不以为然，可母亲着实在第二天死于车祸。宋标为这事悔恨了多年，现在他为了一个女人，突然要做一只蜘蛛。李小莫苦笑了一下。

李小莫翻看"沙滩上的鱼"的朋友圈，一个字都没有，仅展示最近三天的朋友圈，这三天"沙滩上的鱼"没有更新朋友圈。李小莫陷于茫然。

李小莫比宋标小五岁，这场婚姻里，李小莫从来都觉得自己高攀了。李小莫姿色平平，宋标那张脸却太会长了，简直是画出来的。第一次见到宋标，李小莫就惊呆了。那些天李小莫迷上了电影《泰坦尼克号》，她看了三遍，哭了三遍。影片中爱情的美好和疼痛久久盘在她的脑海里。她向往有那样一场刻骨铭心的爱情。

宋标的出现是上天的安排。他们是在一次中考监考中相遇的。中考的考点很多，由初中和小学各派出数名老师，每个考场主监考是初中老师，副监考是小学老师。李小莫和宋标被随机分在同一考场。那天的宋标穿着黑色短袖衬衫，戴着黑框眼镜，他的头发是向后梳着的，他的额角、脸型、发型太像《泰坦尼克号》的男主角杰克了。还有那黑衬衫，很少有男人能把黑衬衫穿出高贵气质，宋标做到了。他皮肤很白，眼睛虽不像杰克的黄眼珠闪着迷人的光芒，但宋标眼睛也不小，在镜片后面的眼神显得那么深邃。当然，他的身材也跟杰克一样，瘦高而有型。

"李老师，李老师。"宋标轻声喊李小莫。李小莫回过神来，怀着一颗狂跳的心分发试卷和草稿纸。

　　监考是供人遐想的最好活计。李小莫想，如果能和这个男人恋爱一场，她愿意像电影中的杰克一样，为对方而死也无憾。整场监考，宋标很认真，他冷峻地看着考生。李小莫数了一下，整场考试，宋标看了自己三次，每次都微微一笑。

　　李小莫后来有事没事就去实验初中找宋标。终于有一天，宋标说了一句："我们结婚吧。"

　　李小莫愣在那里，她想的是，他们还没有正式恋爱呢。宋标轻声说："你没想好？"

　　"想好了，想好了。"李小莫连忙说。

　　这么多年过去了，李小莫忽然回过神来，宋标的寡言，不是她以为的他深沉得如哲学家，而是从没爱过她。上个月，他也是那样轻描淡写地说："我们离婚吧。"

2

　　第二天是休息日，阳光穿过阳台玻璃，投到宋标脸上。李小莫照例起来煮早饭。虽说一个多月前，宋标提出离婚，且以后每隔三五天，他都会来一句"我们离婚吧"，但李小莫除了第一次问了为什么，后来的几次，她都置之不理，该拖地就拖地，该煮饭就煮饭，好在宋标没有闹，也没有不吃她煮的饭。

　　李小莫煮好早饭，又来到沙发前，她考虑要不要喊宋标起来吃饭。脸上洒满阳光的宋标，皮肤亮白，一丝皱纹也没有。李小莫禁不住摸摸自己的脸，是脸的粗糙还是手的粗糙，不得而知，总之，摸上去是粗糙的。她越来越配不上这个男人了，李小莫沮丧地站在沙发前。宋标突然睁开眼睛，李小莫有些惶恐，好在宋标并没有看她，他漠然地看着天花板。李小莫转身离开，将早饭盛好放在桌上。宋标去了卫生间，过了好一会儿才从卫生间出来，不去餐桌，又坐到沙发上，眼睛盯着关着的电视机屏幕。他空洞的眼神让李小莫想起了有一年夏天，她看见的沙滩上的鱼，那鱼的眼球就是这样白多黑少，一动不动地死盯着前方。

李小莫没理他，自个儿吃早饭，宋标还是用那双死鱼眼盯着前方。李小莫吃了一点儿，没什么胃口，也坐到沙发上，问："你吃不吃？"

"不吃。"

"你到底想怎样？"

"这次我一定要离婚。"

"我做错了什么？"

"你没有错，都是我的错。"

说到这里，他们同时看见了一只蜘蛛。这只蜘蛛几乎从天而降，灰褐色的身体贴在瓷白色的茶几上，一动不动。茶几上有两盘水果、一套茶具，还有一包抽纸，这些东西都可以成为蜘蛛的藏身之地，但这只蜘蛛不知怎么想的，停在一处空旷地带，那么凛然。

宋标转过头来看李小莫，以前家里每见蜘蛛，都是李小莫活捉了蜘蛛，然后将其丢到窗外放生。宋标这一看，显然此时这活儿还是由李小莫干。李小莫轻轻拉开茶几的抽屉，拿出一个透明瓶子，是维生素E的瓶子，里面还有一粒维生素E。宋标看着李小莫没有用温水就吞下了那粒维生素 E，忍不住跟着做了一个吞咽动作。

李小莫吞了那粒维生素 E，接着就左手拿着空瓶子，右手抽出一张餐巾纸，两手配合着将蜘蛛装进了瓶里。

"你这是干什么？"

"养你。你不是要当一只蜘蛛吗？"

宋标愣住了，过了一会儿，他回过神来："你看我手机。"

"你都提出离婚了，那点小秘密难道比离婚的事还大？"

"要怎么样你才答应离婚？"

"告诉我她是谁。"

瓶子里的蜘蛛快速地沿着瓶壁爬上爬下，有时还跳起来，跳上去撞到瓶盖，又摔到瓶底，摔下来的它团成一团，细细的腿收进了身子下。李小莫双手托腮，观察着蜘蛛。宋标伸手去拿瓶子，李小莫一手将瓶子抓了过来："你敢碰它，你就别想离婚了。"

李小莫留着这只蜘蛛，她想搞明白，宋标为什么要当一只蜘蛛，难道"沙滩上的鱼"是养蜘蛛的？

"她是我一直爱着的女人。当年我跟你结婚，是因为她不同意我为她单身一辈子。现在她离婚了，我想跟她结婚。"

李小莫现在明白了，十几年的谜底揭开了。那句轻描淡写的"我们结婚吧"是宋标对那个女人唯命是从的产物。李小莫答应结婚，是帮他完成他对"沙滩上的鱼"的忠贞不渝。她愤怒地给了宋标一巴掌，宋标木头一样坐在沙发上，不言不语。那一巴掌过后，李小莫也没有说一个字，她在床上躺到了中午，一滴泪都流不出，只是胸闷。

李小莫没有煮午饭，她离开了家，不知道要去哪里。这些年她除了家和学校，几乎没有任何可去之处。她没有朋友，每天下班后就是回家带孩子、做家务、等丈夫下班。现在她快没有家了，没有丈夫了，孩子又上了大学。她像空中飘飞的一片叶，没有依傍。小区门前的梧桐树枝干那么粗，叶子那么宽大，李小莫是第一次这么久地盯着它们看。继续往前走，她发现小区附近的店面原来是这样五花八门，有宠物店，她没去过；有美容院，她没去过；有泡脚房，她没去过。现在不统计她没去过的，统计统计她都去过哪些地方：她只去过超市和理发店，就连服装店她都不记得是几年前逛过的了。她必备的四季衣服都是网上买的。儿子大了以后，不要妈妈陪着买衣服，都是宋标陪着买。儿子认为父亲的审美比母亲强。宋标穿衣服很讲究，都是有款有型的品牌，且都是实体店的。

3

李小莫在街上茫然四顾，没有一家店是她想进去的，行人与车辆在身边来回穿梭，嘈杂声、商店里飘出的歌声、广告叫卖声，这些声音让李小莫感到厌烦，她要找一个清静的陌生的地方，可以放声痛哭的地方。她想到了学校附近的一片桃林。

李小莫是一个"事不关己，高高挂起"的人，学校附近有桃林，她是上学期才发现的。如果不是班上的章余洋胡闹，李小莫恐怕至今都不知道那片桃林。事情的起因是数学老师的一套试卷。数学老师有时去文印室复印试卷给学生考试，有时复印了让学生周末回家做。章余洋是数学老师的儿子，他把父亲试卷后面的答案拿到学校门口的小商店里，复印了数份，在班上高价出售答案。沈星是章余洋的同桌，是班上的学困生，对答案自然是渴求的，但他家里经济条件不好，平时父母也不给零花钱，被逼无奈的沈星偷了家里的钱向章余洋买答案。这事就在沈星那里出了纰漏，沈星父母因为孩子偷钱买答案，闹到学校。结果，数学老师在班上狠狠地批评了儿子。章余洋一气之下，放学后没有去办公室等爸爸，而是出了校门，躲进了学校的那片桃林。那天学校领导、老师及章余洋的爸妈找到半夜，才找到了树林里的章余洋。李小莫是章余洋的班主任，当然也参与了找人行动，她印象最深的就是那天的夜半歌声。

大家找到那片桃林时，已接近半夜，所找之处都是根据班上学生或家长或监控提供的信息，最后一处便是这片桃林。那是初夏季节，桃树叶子茂盛，按常规，叶子上应该有许多毛辣子。毛辣子可是不讲人情的，蜇你一下让你又肿又疼。按理来说，章余洋不可能躲在这片桃林里。可孩子是不按大人套路出牌的，章余洋不仅躲在桃林里，还躲到半夜。

一行人找了多处，无果。大家心里焦虑到崩溃，谁都不说话，大家心照不宣地觉得章余洋躲在桃林的希望不大，可他们实在想不出可找之处了。

他们灰头土脸地来到这片桃林。当桃林里传来了《月亮姐姐快下来》这首歌的时候，大家都停下了脚步。怎么来形容这歌声呢？所有人都听出了歌声里的胆怯、无助。每个音都气息不足，歌唱者似乎在一边哭一边唱。最先出声的是章余洋的妈妈，她带着哭腔高声喊："洋洋！洋洋！"

树林里的歌声停止了，接下来树林里传出了章余洋的哭声。李小莫当时就流下了眼泪，她最懂此刻的章余洋。章余洋的害怕、孤独像电流一样电到了她。有好多个宋标夜不归宿的晚上，李小莫就是这样害怕、孤独。上个月，宋标连续两个晚上没回家，李小莫难受时，也学着章余洋唱歌，可她唱着唱着，声音就抖起来，最后以哭泣收场。

今晚，李小莫把自己送进桃林里，这个季节的桃树叶子已落光，毛辣子没有了。但李小莫没有想毛辣子，她只是需要这样一个无人的空间。她幽幽地走到桃林时，天已经完全黑下来了。

李小莫是一个胆小的人，宋标不回家的时候，她首先是醒着等，等到半夜，确定宋标不回家了，她就去把房门反锁了，不反锁房门她会睡不着觉。

黑夜中的桃林，让胆小的人充满无限的想象，有多种可怕。李小莫现在不怕，她就是想把自己放进可怕中，随便被什么野兽叼走，或者被小鬼抓走，都可以。

她像夜游神一样往桃林深处走去。桃林现在只剩枯枝落叶，看守桃林的种植户已不在了，连那条黑狗也跟主人回家了。整个桃林是李小莫的，她走到桃林深处，仰起头，张大嘴巴，放声大哭。这哭相大约只有几岁的孩子才有。李小莫委屈极了，她向这个世界所要不多，就一个长得像杰克的丈夫而已。长成杰克那样的男子就会有杰克那样的深情？对。她只要这样一份深情，她从没羡慕过别的女人漂亮的脸蛋、漂亮的衣服及名牌包包，从没羡慕过。她气定神闲地守着家。就在这学期前，宋标没有任何异常，他每次夜不归宿都是出差或旅游，他是好男人。直到上个月他开口说"我们离婚吧"之前，李小莫都认为他是好男人。宋标第一次说这话的时候，李小莫都没往心里去，以为忍过他一时的情绪，这事就算了。可无论她怎么讨好这场婚姻，宋标都当睁眼瞎，竟说出那么剐她心的话。

手机铃声《我心永恒》划破了李小莫的哭声。李小莫放肆的哭受到了干扰，她渐渐平息下来，铃声和她的哭声同时停止了。李小莫从风衣口袋里拿出手机一看，是宋标。她把手机重新放回口袋，不打算回复他。她没接他的电话，但这个来电让她心里好受些。她抬头看天，天上亮着半个月亮，星星在浅蓝色的天空中亮晶晶的，像孩子们调皮的小眼睛，薄薄的浮云在天上慢慢飘着。这么美的天空，李小莫多久没看过了？如果没记错的话，结婚生子后就没看过吧。手机铃声又响了，李小莫这次没有拿手机看，让它响吧，让打电话的人急着吧。李小莫一直以来是一个让人省心的人，今晚也让别人为她操操心。宋标打了三个电话，后来就不再打了。

起风了。光秃秃的桃树枝条随风舞动，有一根枝条轻轻抽在李小莫的左颊上，李小莫把右颊凑过去，枝条却调皮地往另外方向晃动。一根枝条的心意她都猜不透，她怎么能摸得准宋标的心意呢？她神色黯然地靠着一棵桃树，闭上眼睛。

秋天的风跟夏天的到底不一样，凉意从四处逼过来。李小莫的头开始疼起来，她的头部只要受凉就会疼，这是老毛病了，都是生孩子落下的病根。她从桃林走出来，刚走到路上，迎面开来一辆车，灯光直射过来，刺得李小莫用手遮住了眼睛。

汽车停在李小莫身边。"你真的在这里啊。杨优打电话给我，说你在桃林，我起初还不相信。你在这里干什么？"

李小莫拿开了遮住眼睛的手，看见宋标立在她跟前。他来找她了。她鼻子发酸，说出的却是一句倔强的话："不用你管。"

"上车回家吧。"

"不坐你的车。"李小莫说罢，转身就走。宋标一把抓住她，把她塞进了汽车后排座上。

4

李小莫到家后，看见餐桌上放着青菜粥和青椒炒肉片，这样的饭菜是李小莫平时最喜欢的。现在她看着这些饭菜，只有想哭的感觉，只有累，她澡也没洗，和衣躺在床上。

很困。头疼折磨着她，睡不着觉。宋标推开门，站在房门口，说："我们都冷静些，好聚好散，行吗？"

"我会给你们两个让路吗？你做梦！"

李小莫声音高了起来，人也从床上跳起来。宋标不再接话，看看她，然后退回客厅。

李小莫也来到客厅，她看到了茶几上装着蜘蛛的瓶子，宋标没有扔它。蜘蛛团在瓶子里，没有结网，不知道死了没有。李小莫拿起瓶子，蜘蛛很警觉地在瓶子里爬上爬下。

"你现在是不是就像这只蜘蛛，忙上忙下的，可是出得去吗？我是不可能跟你离婚的。"

"把它放了吧。"

"我不放它，我要把它放在你眼前，让你看着它，一天天被囚禁在这里，一直到死。"

宋标不看蜘蛛，他皱着眉头看着李小莫，他好看的大眼睛变小了，眼神幽深得像一口井。

"你看它，昨天刚进来时，还能跳，现在爬来爬去，还能跳吗？"

"你怎么变成这个样子了？别逼我。"

宋标说完这句话，闷着头去了小房间。自从儿子上了大学，宋标就睡在小房间。分房睡就能离婚吗？李小莫在网上做了功课的，分居两年，可以强判离婚。但同在一个屋檐下，谁能证明分居？

李小莫看着蜘蛛。对，继续上网找答案。她在百度上输入了"蜘蛛"两个字，大量的信息涌现出来。李小莫一一看过去，她终于懂了宋标给"沙滩上的鱼"发的"我愿做一只雄蜘蛛，只为你"这条消息的含义。

有资料显示，雌蜘蛛生育后代后，由雄蜘蛛外出觅食，当食物供给不足时，为了给雌蜘蛛补充营养，雄蜘蛛就会采用自残的方式，首先咬断自己的足给雌蜘蛛吃，当所有的足被吃完，雌蜘蛛就会把雄蜘蛛吃了。还有资料显示，雌雄蜘蛛交配完，雌蜘蛛会直接吃掉雄蜘蛛。

那么宋标生命的终极意义，就是为那个女人而亡？

第二天放晚学后，李小莫邀请同事杨优吃晚饭。杨优推说今晚有事。李小莫不作声，跟在杨优身后，后来跟着上了杨优的车。

杨优说:"你这是要干什么?"

"我只想问你几句话,不耽搁你办事。"

杨优有些吃惊,她认识的李小莫是一个低眉顺眼的人,没想到她轴起来超乎自己的想象。

"你是宋标的同学,你们相处得不错,平时聚餐,我也知道。现在宋标要离婚,他说为了一个女人,你把那个女人的情况都告诉我,好吗?"

杨优系好安全带,说:"我真的要走了。"

副驾驶上的李小莫没有任何反应。杨优转头看她,李小莫像一尊雕像,连眼睛都没有眨一下。

杨优叹了一口气,说:"知道了事情的真相,你会难过的。"

"不知道真相,我会更难过。"

"我们几个同学都劝他了,不要离婚,可劝不住呀,要死要活地爱着那个狐媚女人。"

"谢谢你们。"李小莫说了这几个字,她塑像一样的身子动了动,低下头,"你们别劝了,我口头没同意,心里是同意了。"

"他为了那个女人,年轻时不结婚,伤透了他爸妈的心。现在结婚生子这么多年了,要离婚,又伤透了你的心。"

"她是一个什么样的女人?"

"说实话,她确实是一个漂亮女人,以前是我们这里的记者,现在在苏州当记者,但她比你大十二岁呢。这个宋标,什么都好,就是在这个女人身上犯糊涂。"

杨优说了这几句就停下了,注视着李小莫,说:"你回家哄哄他，也许过一阵子他就回头了呢。"

"都回不去了。"李小莫有气无力地说完这句话，就拉开车门，下车了。她走了两步，又回到车旁说："谢谢你。"

李小莫走在秋风凉凉的街道上，她找谁说理去？没理可说。她的十几年的日夜陪伴，以及小那个女人的十二岁，都是留住宋标结结实实的砝码，结果怎样呢？她沿路前行，现在是下晚班的高峰期，汽车、电瓶车、行人包括鸟儿像在跟天色赛跑，匆匆赶路。只有李小莫像是从外星球上掉下来的，她步履沉沉，走走停停，根本不关心天是否快黑了，她不是每时每刻处在黑暗中吗？她也没有想奔赴的地方，家比街上更冷。

她信步去了桂苑公园，桂苑公园以桂花之多而得名。公园建成之初很热闹，每年举办桂花节，举办了三年，市领导换了，最近七八年，桂苑公园像过了气的明星一样，再也无人提及，桂花树倒是越发蓬勃了。

李小莫还没迈进公园的大门，就闻到了桂花香。桂花开了。这些天她没在意这事，从前她会折几枝放家里，宋标看着李小莫折回的桂花，说："桂花不仅仅是香气四溢，用途多着呢，可以做桂花糕、桂花酒、桂花圆子等。"李小莫因此还做了一次桂花圆子给宋标吃。宋标说他也就是随口说说，不一定喜欢吃这些。想到宋标，李小莫刚刚闻着桂花香有些上扬的嘴角又耷拉下来。她无力往公园深处走，看见了一张长木椅，就坐下了。

夜晚的公园很安静，静得只听得见风声，还有树叶摩擦的沙沙声。李小莫坐下不久，发现这公园里并不只她一个人，前面不远的桂花树下，一对男女正相拥而立。李小莫将目光移开，然后站起身拐弯向右走,越往里走,光线越暗,树叶的哗哗声越来越响,响得有些异样。随即,李小莫看见眼前的桂花树枝上倒挂着一把撑开的大伞,有人一手扯着一根桂花枝,一手掰桂花,桂花像雨点一样落进伞里,发出"簌簌"的声音。李小莫站在原地,想退回去,采花者看见了李小莫,她停止了采花,来到李小莫跟前——是一位头发花白的老妇人。老妇人说:"你别说出去,我不是采了去卖的,我是采了回去给老头子做桂花圆子吃。你也可以采一些回去做桂花圆子吃的。"李小莫知道这里的桂花是禁止采摘的,这老妇人是趁着夜色偷呢。老妇人见李小莫不表态,不敢继续去采。李小莫说:"哦,我不需要。我走了。"

李小莫往公园门口走去,她不再奢望在这公园里能寻找到片刻的宁静。

李小莫到家的时候,宋标在家等着,问:"你今晚又去哪里了?"李小莫没有理他,又拿起蜘蛛瓶子,观察了一会儿,说:"你看,它爬起来像蜗牛,看来快死了。"

5

宋标现在是每天说一次"我们离婚吧"。这天,宋标说这句话的时候,李小莫正在看蜘蛛,蜘蛛在瓶子里一动不动。李小莫摇着瓶子,它就顺着瓶底滚来滚去,颜色好像变浅了,体积好像变小了。她回答道:"你看,它死了。你要做一只蜘蛛,最后是不是就这样子?"

宋标说:"你是不是逼着我起诉离婚?"

"起诉？我怎么了？证据呢？"李小莫说，"你莫急。我要等那个女人重新结婚或复婚，我就跟你离婚。"

"你这是无理取闹。"

"你搞婚外恋，是我无理取闹？"

说着，李小莫将那装着死蜘蛛的瓶子扔向宋标。宋标身子往旁边一侧，瓶子滚到墙角。宋标盯着瓶子看了一会儿，用大拇指和食指捡起瓶子，其他三只手指翘着，像是拎着一只死耗子，迅速扔进了垃圾桶。

这之后李小莫和宋标继续冷战，李小莫不再正常做饭给宋标吃。李小莫看见宋标到家了，她就出去。她怕听见那句"我们离婚吧"。她还想着每天晚上出去，宋标会不会再去找她。她出去也没干什么事，就是这里站站看看，那里坐坐待待，走走神。

一天晚上放学的时候，外面下起了小雨。有的老师坐在办公室等雨停，有的老师开车回家。李小莫没带雨伞，她没有在办公室逗留，跟平时下班没什么两样。放学铃一响，她把教案放在办公桌上，拎起手包，走进雨中。最近她脑中一片混沌，宋标及这场婚姻已经进入她的骨头、她的血液，她剔不出去，淋一场雨，会使她头脑清醒点吗？也许会。她这样想着。

雨中的街比平时冷清。路边没有卖菜的大妈，怡和路上也没有了"老窖馒头"的叫卖声。宋标喜欢吃老窖馒头，怡和路是李小莫上下班的必经之路，卖馒头的老太看见李小莫就会喊上一句："李老师今天买馒头吗？"

李小莫站在怡和路上，轻轻说："以后都不买了。"雨越下越密，李小莫头发上已有水珠往下滴，她依然在雨中前行。风很大。雨斜斜地射在脸上，微微疼。是谁把她丢在这风雨中？是宋标，是她一生渴求的爱情。李小莫大颗大颗的泪水滚下来，她汹涌的泪水比雨水还大。

雨越下越大，像在陪着李小莫哭泣。就在她哭得不能自制的时候，李小莫头顶上出现了一把黑色的大伞，她的身边多了一个撑伞的男人。李小莫惊愕地看着这个男人，她看着他的时候，眼泪止住了，可还是不禁连续抽泣了两下。

"你哭了？"男人问。男人是外地口音，但看上去有熟悉的感觉，特别是那黑框眼镜，跟宋标的一样。李小莫瞪了他一眼，目光犀利，快步远离了男人。男人紧赶几步追上去，又把伞遮在李小莫头上。

李小莫这次没有加快脚步，她没有看男人，也没有和他说话。男人说："我知道你是老师，我是上个月才调到这里工作的，在你们小区租房，我在你学校旁边的邮局上班，我上下班经常看见你。"

男人友好的解释让李小莫心安不少，她又开始想自己的事。这个人长得像宋标，但宋标不像这个人。宋标每天想的是和她离婚，哪会在雨天为她撑一把伞呢？

男人把李小莫一直送到楼下，这一路上，李小莫只在这会儿对男人说了两个字："谢谢！"

男人一路上也保持着沉默，在李小莫开口说了"谢谢"后，男人说："凡事想开点，顺风顺水的人毕竟少之又少。"

李小莫没有再说话，转身进了楼道。

李小莫上了二楼，从包里取出钥匙，准备开门时，门开了，宋标在家。李小莫放下手包,她在换拖鞋的时候,宋标说:"我们好好谈谈吧,初步拟一个离婚协议。"

"我为什么要听你的安排?"

"我是不对。你就是什么好人吗?谁送你回来的?我在楼上可都看见了。"

李小莫有被人扼住喉咙的感觉,她连续喘了几口粗气。在宋标心里,她已经这样不堪了,还要撑下去吗?她一阵晕眩,蹲在地上。

"你自己说说,这几天你哪个晚上没出去?你平时可不是这样的。"宋标停顿了一下,继续说,"你都干什么去了,我心里有数。"

李小莫站起来,头还是很晕。她一只手扶着鞋柜,一只手向宋标摆了摆,说:"打住,我们离婚吧。"

第二天,李小莫在离婚协议书上签字的时候,忽然想到了那只蜘蛛,它到底是一只雄蜘蛛,还是一只雌蜘蛛呢?

剑 麻

相亲这事我已经干了十九次，第二十次的相亲被安排在下个周末，电话是父亲打来的，父亲的电话很简短，让我那天不要安排其他事。挂电话前，父亲还是不放心地嘱咐我一句：正常点。

我已经三十五岁了，还没有结婚。这个年龄未婚，在北京、上海那样的大城市，或许有浩浩荡荡的一支队伍与我同行，可我生活在鸟窝大的小县城，我成了这里的名人，并被贴上了"不正常"的标签。

对，我不正常，我和一株植物抢名字。剑麻不是那株植物，剑麻就是我，那个耐摩擦、耐腐蚀的我。自从第九次相亲失败后，我就把微信名改成了"剑麻"，无论在什么场合，我都喜欢别人叫我剑麻。从那之后，大家渐渐忘记了我的真名，我成功地隐藏了之前的身份。

说出来，别人都不会相信，我的相亲大事都是父亲安排，母亲并不热衷于这事。母亲说，婚姻是前世定好的，是你的就是你的，好的差的都跑不掉。

这第二十次相亲的降临，打破了我和父亲之间的僵局，父亲是我第十九次相亲失败那天不和我说话的，大概已经有两三个月了。

第十九次的相亲失败，父亲认为责任全部在我。他本人不在现场，可他听了我的汇报，扬起手似乎要给我一巴掌，后来又放下手，操起桌上一个茶杯，使劲往地上摔，玻璃杯在地上开了花，碎玻璃像玻璃球跳到墙角，跳到椅子下。杯子里的白开水像撒欢的孩子，四处流淌。最后父亲用不和我说话，表示他对我的极度不满。最让我坐立不安的是父亲接着又生了一场病，这病跟我的相亲失败有没有因果关系，我不敢想。高烧中的父亲一整天滴水未进，嘴里不时说着"结婚、结婚"的话，我哭出了声。母亲说，就发个烧，又死不了，你哭什么？

退烧后的父亲虚弱地说了一句，我不会轻易死掉的，还要留条命给你带孩子呢。说完，他横了我一眼，又横了母亲一眼，不知道他在生谁的气。

父亲说到带孩子，我想起了我的闺蜜，一个背叛我的闺蜜。我们是同龄人，她三十岁生日那天，只请了我一个人陪她吃蛋糕，许愿，吹蜡烛。我们喝酒，喝得东倒西歪，骂爱情，骂婚姻，骂全世界的男人，后来好像是她的母亲过来接我们的。

三十岁的她，无限伤怀。我仗义地发誓，一定会陪着她不结婚，但她在三十一岁的时候，忽然把自己嫁出去了。四年过去了，她生不出孩子，老公吃了她的心都有。她老公说，我是一个男人，再找一个公的回来干什么！最近他们家鸡犬不宁，正在闹离婚呢。

谁能保证，结婚了就能生出孩子？生一个不像我这样让父母操心的孩子？

我的第十九次相亲对象是我大舅亲家女儿的闺蜜介绍过来的。一长串的连带关系，可见资源濒临耗尽。接到父亲电话通知的时候，我刚下钟。我在一家美容院上班，刚刚给客户推完背，去茶水间给客户倒水。手机响了，父亲让我下班后去某某茶吧相亲，我大舅亲家的女儿在那里等我。

我说，对方这么急，一点预留时间都没有，也太不当回事了。

父亲说，人家不在本地工作，难得回来这一个晚上。

我这大龄"剩女"像一个理亏的人，没有讨价还价的资格，下班后我直接去了指定地点。

晚上七点的茶吧，一进门有五六桌的散座，座无虚席。说是茶吧，不如说是牌吧。哪有喝茶的人啊，每一桌都在"掼蛋"，简直是"掼蛋"比赛现场。论排名，"掼蛋"这休闲方式在我们小县城，跟广场舞、钓鱼不分上下，给它一个冠军头衔也不为过。我不会"掼蛋"，但我受它的牵连也不少。偶尔出去吃饭，比如我正好是第四个到包厢的，先到的三人看见我，就欢呼起来，说，快坐快坐，正缺条腿子。

我说，我不会。

接下来，我就是被审判的对象，他们全票通过，说我是侏罗纪时代的人，他们甚至打趣，让我给他们讲讲恐龙。

我到茶吧包间时，包间里的三人正低头悄悄说着话。我一进去，他们立即正襟危坐，三双眼睛都笑眯眯地看向我，像在用笑容掩饰一场密谋。大舅亲家的女儿首先站起来，拉我坐她旁边，另外两人也跟着站起来，猛一看这两人像情侣，有夫妻相，后来才知道是表兄妹。

我是一个相亲老手，对面的男孩满脸喜悦，我猜想他是一个"颜控"。在美容院工作的我，容貌怎么丑得了？我们的口号是，宁可要人工美，也不要自然丑。

我暗笑他的蠢，可我还是坐下去了，因为我也是"颜控"。虽说他没有我的第九号相亲对象那么帅得不可理喻，可着实算得上帅。我看他有似曾相识之感，估计他的五官像哪位明星。大舅亲家的女儿要和闺蜜逛街去，说有她们在，我们不方便互相了解情况。

我们互报了名字和工作单位，很奇怪，像前世有缘似的，我们肯定各自的记忆库里有对方的名字。

就让我们两个三十几岁的青年像老人一样，回忆回忆往昔岁月吧。我们在历史的隧道里慢慢爬行，线索出来了！我们居然在初中二年级做过一年同学。

但这于我而言，简直是灭顶之灾。

初中二年级的我或者说没整容前的我，丑得连狗看见我都要追着咬。现在我的五官都是微调过的，连牙齿都没放过。果然，他研究性地看着我，像研究变异过的大猩猩，像要从我脸上诠释进化论。难道他想对我说，他不能接受我以前那长相遗传给下一代？我当然会吼他一句：谁同意嫁给你了！他这样盯着我，很不礼貌。我有些生气，从包里拿出香烟，顾自点上。我的香烟成了他的救兵，他有点控制不住地喜上眉梢，你还抽烟？我前一个女友就是因为抽烟，我爸妈不同意的。他话音刚落，我拎起包，给他一个决绝的背影，身后拖着长长的四个字：同学，再见。

我走出茶吧，将吸了一口的香烟扔进垃圾桶。夏夜的凉风有点猛，吹出了我的眼泪。我不擦泪，逆风而行。我给路人出了一道难题，一张美丽的脸上为何带泪？

我其实不会抽烟，但包包里经常有烟。我们老板娘烟瘾大，她有丢三落四的毛病。她常常往员工包包里塞烟，好像是在播撒花种，以便她走到哪里都有花香。上班的美容院，我们聚餐的饭店，唱歌的KTV，她都不用操心香烟的事。刚才那根香烟是我私用了老板娘的。

相亲失败的坏心情很快消失了。我有自己的小宇宙，一个人变美了，又不是什么丢人的事。回到家，我如实汇报了相亲情况。父亲摔茶杯后，气得大声责备我，没事抽什么烟，不管真抽还是假抽，传出去名声不好听。父亲的一声大吼，母亲也回过神来，不再盯着地上的碎玻璃。她冷笑两声，像是要嘲讽一句什么。

我大声对父亲说，划重点好不好？他是嫌我丑！弦外之音，我长得丑，父亲是有责任的。我长相遗传父亲，这事够我懊恼一辈子，我怎么就不小心长成父亲的样子了？母亲可是当地有名的美人啊。

父亲急红了脸，他气呼呼走向挂在东墙壁的日历，"哗啦"一声撕下了当天的那张。他不再像往日那样，将其一揉扔进垃圾桶，而是又深仇大恨似的撕它个粉碎。我庆幸我不是那张日历。

父亲是在我三十岁后有这癖好的。挂历、台历他不用，偏偏用巴掌大、三百六十五张、寸把厚的小本本。这本日历挂在我家进门鞋柜上面的墙上，餐桌上我的位置正对着这面墙壁。这挂日历的地方，我怀疑是父亲精心挑选的。

我和父母照面时间最多的地方大概就是餐桌。我要么上班，要么在自己的房间，父亲只能掐住吃饭这个点。父亲特别喜欢在饭吃到一半时，撕下当天的那张日历，回到餐桌还要叹一口气，说，又一天没了。这种时候母亲会暗自嘀咕：幼稚。母亲的一句话常常像给父亲充电一样，父亲立刻从萎靡不振的叹息中跳出来，瞪大眼睛，好像眼睛越大，眼里射出的利剑越多。母亲也同样怒目圆睁，并且身子向前倾去，更靠近父亲铜铃一样的眼睛。这样的斗争，最后都以父亲的妥协告终。

有时候我出去培训几天，父亲居然把这几天的日历都留着，专等我回来吃饭时，他才一张接一张地慢慢撕。我专享着看父亲撕日历的待遇，起初的时候，我和母亲的感受一样，觉得父亲像小孩一样幼稚，这行为能解决什么？

我一个人生活自由自在，没有谁碍我的眼，谁也不为我所累，没有鸡飞狗跳的吵架，寂寞的时候，晚上可以玩"连麦睡觉"，年纪大了进养老院，为什么非要结婚？

但不知道为什么，父亲撕日历的行为有叠加效应，一天两天，我不以为然；一月两月，我有点心烦；一年两年，我有点心虚。如果有一个人，每天为你做同一个动作，坚持到以年为计量单位，估计你也撑不住，何况这人是你的父亲！

饭后，母亲来到我的房间。我看着母亲，不说话。我心里就好受吗？遇到一个撕开我面具的人，看见了我的塌鼻梁、黑皮肤、高颧骨。我最不希望熟悉我的人，还记得我从前的模样。我高中毕业后就在美容院工作，十几年的时间，我一直不停地把自己变美变美再变美。从前的模样我自己都记不得了，或者我是故意忘记了，可今天我那位初中同学，他分明很认真地记起了我以前的模样。就算我是真的抽烟，这错误大概也不比长得丑更大，我又何苦怕在他面前再犯抽烟的错？

母亲让我不要生气，说，我这几年突然明白了，有人吵架总比没人说话强，你就听爸爸的话，找个好男人嫁了吧，他为你，几乎要油尽灯枯了。

父亲退休后，还在踩人力三轮车。母亲说父亲担心我一辈子不嫁人，他要不停地赚钱，尽量多留点钱给我。

我望着坐在床边的母亲，她的背部呈半圆形，整个人软塌塌的，母亲什么时候变成这样了？印象中的母亲像雷公，是敢挥舞菜刀的人。

我五岁的某一天，母亲从田间劳作回来，父亲和他的酒肉朋友在堂屋打牌。母亲问父亲，丫头呢？

父亲盯着手里的牌，说刚刚还在这里的，不会没的。

母亲满屋子找我，不见我人影，有点急了，出门就大声喊我的小名，一声比一声急，最后带着哭腔。我其实没有走远，正趴在屋后的大树下看蚂蚁搬家呢。

母亲找到我的时候，眼睛红了，她把我抱在怀里，向家里走去。我听得见母亲粗粗的呼吸声。

到家后，母亲把我放在房间，自己去了厨房。一眨眼的工夫，手持菜刀的母亲出现在堂屋，她挥舞着菜刀，向父亲砍去，像个喝醉酒的人,左一下右一下,没有章法。父亲像猴子一样窜到了屋外,母亲又追向屋外。那些牌友也被母亲吓蒙了,一个个愣在原地,没一个拉劝的。

父亲在前面头也不回地拼命跑,母亲在后面追,没追几步,母亲停下了,她把菜刀往地上一掷,菜刀的小半个身子钻进泥土,大半个身子稳稳地立在地上,像随时准备作战的士兵。母亲指着那把菜刀,大声说,今天我杀的是一个人,下次我要杀的是一群人。父亲的牌友面面相觑。有的人自知理亏,悄悄地,溜得很快;有的人似乎不服气,想说上一句什么,看看那把菜刀,到底还是忍住了。

这招很奏效,从此以后我就不记得我家有人打过牌,但父亲下班后就不回家了,都在别人家打牌。

牌局结束回家后,父母亲几乎天天吵架,每次吵架都有一个固定词:离婚。我上小学、初中甚至高中,父母亲都没放过我的耳朵,我做梦都是"离婚、离婚"的声音。

婚姻不一定是保险箱,结婚不结婚我无所谓,我命中注定的那个人,已经在我的第九次相亲中无声地飞走了。第九次相亲的时候我二十九岁,那男孩让我心动得只要看着他,我可以不吃饭不睡觉。我爱他的所有,他的眼,他的嘴,他的笑,他的皱眉,甚至他不小心嘴角挂着的一粒米。直到现在,他常常在我空闲的时候从我的身后或我的侧面,喊我一声,然后一笑就不见了。他永远那么暖心地笑着,他皮肤好得连鼻尖上的毛孔都看不见,可我们的恋爱无疾而终,在我还来不及悲伤的时候,他有了新的女朋友。从那时起,我把微信名由"天外飞仙"改成了"剑麻"。

他是个海员,听说剑麻耐海水浸,可以做成缆绳。

这么多年的相亲,我怎么也甩不掉他,他赖在我心底,抵达相亲现场。有时我也会遇见看起来还不错的,想专心去接受新的男友时,总觉得第九任男友往中间一站,挡住了我的视线,我就怎么也看不见新男友的好。比如去年第十七次相亲的男友,我们相处了两三个月。最后却是硬生生地被第九任男友拆散的。

有一天我不小心摔坏了手机屏幕,我的新男友来电话问怎么不回微信。我说手机屏幕坏了。他热心地说他马上过来,陪我去修。我的第九任男友就是这时从我心里跳出来的。我即刻回答新男友说不用了,我自己去。这新男友小气不算,还建议我改了这微信名,说我生气起来就像这微信名,感觉浑身是刺。当年我的手机死机了,第九任男友没有和我去修,他直接买了新的。

是啊,为什么是修而不是买呢?后来我才发现我上了第九任男友的当,就算是买又怎么样呢?不还是抛弃了我?我当时怎么就不能正确理解"修"这个行为的?我可以理解为新男友会过日子,不铺张浪费啊。

离第二十次相亲还有三天,我又无端地烦躁起来。十九次的相亲都没能成功,这第二十次相亲又有什么不一样?无非就是再失败一次。假如再遇上一个什么高中同学,我又要被嫌弃一次,再说了,就算成功了结婚了又怎么样?一定不会天天吵架吗?

上班的时候,我看我的客人都不顺眼。我所在的美容院在这小县城是最高档的,来者都是阔太太,惹不起,我哪敢表现出不开心?我想出去走走。

我最烦那些看似好心的顾客,劝我赶紧结婚,说一个人单着不是个事。话说我单着不是事,那有老公了就是什么好事吗?看看她们,一个个觉得自己老了,老公会嫌弃了,指不定哪天会被甩了,于是疯狂保养,从头到脚,没一处遗漏。

我单着不算被抛弃,可以理解为我一直不停地在抛弃别人。可结婚了的女人,担心被抛弃的和已经被抛弃的,这种情况天天都在发生。

我跟老板请假,说想出去两天。大龄未婚女在公司占有很大优势,从老板到同事,大家都让着我,好像全世界都欠我的。

要使自己快乐起来,我有绝招,那就是美食。只要我听说了什么有特色的美食,我都会追到美食发源地,去吃正宗的。我可以因为一碗炒饭追到扬州去,为一盘龙虾跑到盱眙去。很早就听说汇县有一家猪肚鸡很出名,我计划着去汇县吃。

晚饭时,父亲走到日历前,没有即刻撕下日历,而是向后翻了两三张,凑上去看,看了一会儿,身子向后倾去,远远盯着日历。我猜不出那日历到底有什么好看的。父亲喊母亲拿老花镜给他,母亲白了他一眼,说,烦死人。不过她还是放下碗筷,去房间拿来了老花镜。父亲戴上老花镜,看日历更专注了。他自言自语,好事要来了,估计就是这个了。

母亲问,什么这个那个,这个是什么?

父亲说,未来的女婿啊。

母亲看着父亲,一头雾水。

父亲指着日历上的某一处，对母亲说，看这里。他也不管母亲有没有看，自己念起来：宜纳财、安床、合婚、订婚、祈福。父亲接着又指向下面一行，继续说，这一天是虎日，丫头的六合生肖是虎，注定好运。母亲听父亲说得有根有据，拿下父亲的老花镜，自己戴上，认真地看起来，母亲看着看着，脸上也泛起笑容。

父亲用手在日历上捻了又捻，撕下了当天的那张，撕下后，又再数数，准确的，还有两张。这两三天的日历，在父亲手下变得庄重起来，他像细心谨慎的小会计，核算着日子，生怕一出错，那周末的好日子就会立刻飞走一样。

父母亲回到饭桌时，我说，迷信专家。我心里想的其实是另外一句话，这么能掐会算，怎么没有给自己安排一个不吵架的婚姻？

这次相亲，就算是老子求你，认真对待。父亲没有跟我解释他刚才看日历的门道，又说这烦人的相亲。

我很烦，嘴里的一口饭嚼得都没有味道了，但就是咽不下去。

父亲见我不说话，忽然很神秘地说，我手里有一笔不小的存款，只要你结婚，我把所有存款都给你。

父亲话音刚落，母亲就接上话了，你不是一直说工资不经用的吗？哪来的大笔存款？

你这种时候还跟我扯这个？脑子进水了？

这算什么事嘛。我哭笑不得。因为我的婚事，我们一家人精神都到了崩溃的边缘，我宣布我将出去两天。

父亲收回期待的眼神，愤恨地看着我。我没有回避，勇敢地迎着他的目光。我是不会改变决定的，相亲前出去散心两天又怎么了？

父亲和我对视了足足有十秒。他牙齿咬得咯咯响，一拳砸向餐桌，起身又莫名其妙地用力推了母亲一把，母亲连连后退两三步，骂道，你有病啊。

父亲冲母亲吼道，都是你给惯的。

母亲逼问，我惯自己的女儿有错吗？

父亲说了一句，无理取闹。他就不再理会母亲，离开餐桌，去了房间。

母亲跟上去两步，眼见一场吵架即将开始。忽然母亲又改变主意，退了回来，对我说，别忘了周末的相亲。

我说，记得的。

这次是父亲老领导的儿子介绍过来的，老领导的儿子是市委办主任，很靠谱。

深秋的夜晚有点冷，我早早上了床。前晚刚刚认识的"绝地求生"游戏搭档，早在QQ上喊我一起"吃鸡"了。"绝地求生"游戏，拿了第一名，就会显示"大吉大利，今晚吃鸡"。

我迷上游戏一年多了。自从迷上了游戏，我对鸡有了特殊的好感，白斩鸡、叫花鸡、童子鸡、口水鸡等，这一年我吃下了前十年吃过的鸡的总和。到底是多吃鸡，我才能拿到第一名，还是我拿了第一名后，就想吃鸡，我不管这些。吃鸡比相亲更令我快乐。经历一场窝火的相亲，我只要吃一顿鸡，就能跟坏情绪和解。

对吃鸡的爱是长久的,但对游戏搭档就不一样了,最长的游戏搭档,相处了三个月,清楚对方的一切,什么秘密都没有了,我们就没话可说了,太熟悉了,连打游戏都没有激情,立马散伙。最短的游戏搭档只有半个晚上,感觉对方烂得一塌糊涂。这让我想起我的相亲,有时候相亲,真的后悔看了一眼,有些男人看半眼都嫌多。不只是长得够不上看半眼,就连心肺灵魂什么的都"相由心生"地体现在那张歪瓜裂枣的脸上,一眼到底的愚钝。这种情况下,我回来抱怨父亲。父亲认为这样的男人,过日子可靠。可是得看得下去,才能过日子啊。

今晚我没有心情打游戏。昨晚游戏后,我和他语音了一会儿,然后"连麦睡觉",他那边一会儿就传来了打呼声,我怎么也睡不着,后来我下线了,就没准备再理他。

今晚让我好好静一静。我家离汇县只有两小时的车程,那里的猪肚鸡最出名,我这个吃货还没去过那里,这其中原因只有我知道。汇县是古代一个女才人的故乡,女才人只顾吟诗作赋,顾不得嫁人,流言蜚语压得她抑郁成疾,三十几岁就病逝了。我想走近她,又怕走近她。

第二天的天气真好,阳光是金色的,风细微得只吹得动树顶的两三片叶。父亲出去踩人力三轮车的时候,我拎着小行李箱出门。母亲一再叮嘱我,说好在外一宿就是一宿,不可耽误了大事。

我无法形容这个深秋的早晨是如何暖和,总之,我是欢愉的。就连藏在我心里好几年的那个他,也似乎飞出了体外,我的身体轻了许多。大巴上的我没有睡觉,轻微的晕车也不见了。秋天的景色算得上四季中最美的,颜色多丰富啊,掏出手机随手一拍,就是一幅精美的油画。

我到达汇县的时候才上午十点,这个点不是午饭时间。我把行李放在预先订好的宾馆,就去了女才人的故居。我要以最好的状态见她。

女才人故居的门幽暗矮小,静卧在庞大的树荫里,像她哀婉的一生。我进得门去,游人三三两两,悠闲清静,正合我意。

几间展厅装下了她短短的一生,展厅里所展的生平和作品,与我在网上搜到的相差无几,才华横溢,红颜薄命。我站在她的雕像前,想象着她跟我说点什么,她会劝我快快嫁人吗?可是除了四周传过来的寒气,我什么都没有感受到。

出了展厅,青砖铺就的小路上,几片树叶静静躺着。我沿着树叶点缀的小路向前走去,前面是一座小拱桥,桥面和桥栏都是青砖砌成的。桥下的水很深,呈年代久远的墨绿色。过了小桥,不远处出现了钢丝围栏及一扇木头转门。我还没看清围栏里面的景物,手机响了,父亲打来的。

手机的铃声撞破我刚刚织起的宁静,出走他乡了,父亲还是不放过我,难不成让我这时回去?难不成对方又任性地改变相亲的时间?我厌烦地盯着兀自唱歌的手机,和父亲比耐心。终于,手机消停。我还没把手机放进口袋,它又响了。父亲这是怎么了!

喂。我没好气地接了电话。手机里传来的是母亲的声音,但第一句话居然真的是让我现在就赶回去。我正要抗议,母亲的第二句话是你父亲脑出血,在医院抢救。

我震惊得一句话都说不出来。母亲在电话那头问,听见了吗?回来啊。

我半天缓过神来,说,好的。

我一下子泪流满面。我的眼前出现的是烈日下踩着三轮车的父亲,是暴雨中踩着三轮车的父亲,是寒风中踩着三轮车的父亲。这个一年四季奋力踩着三轮车,要为女儿赚养老钱的父亲,这时突然安静地躺在抢救的手术台上。

五年前,爷爷奶奶相继去世的时候,父亲说了一句很有哲理的话,让我刮目相看,我至今都记得清清楚楚。父亲说,人生就是排队,你爷爷奶奶都去世了,前面没人挡了,下一个就轮到我了。

现在的父亲真是站在队伍的第一个,想到这里,我的心像有无数只小虫在啃,我一秒钟都待不下去了。

接电话的这两分钟之内,我走到了哪里啊?我从木头转门进到了围栏里面。当我想从木头转门出来的时候,转动的门转不动了。这时从桥上走过来一对小情侣,他们看见我在拼命推木头转门,走上前来帮忙。他们推了推,木头转门只可以顺时针转,不可以逆时针转。他们四处搜寻,抬头看见一块长方形镀锌板,写着:此门只可进不可出。我抬头看见了镀锌板另一面上的字,大意是进门者,一直朝前走,从另一侧的门方可出去。我转过身,眼前是一座不大不小的水泥陵墓。

我再次泪流满面,仿佛看见陵墓里面躺着的是我的父亲。这对小情侣不知道在我身后说着什么,大概是让我不要害怕。

我不知道我怕还是不怕，我的面前是一座陵墓，父母在远方，我怕也没人给我挡着。我只知道要快点回去，有那么多的事等着我做，我要照顾好父亲，要去相第二十次亲。还有我的微信名"剑麻"到底要不要改？这也是一件很重要的事。当然现在最重要的事是我迷路了，我要尽快找到出去的门。

后窗上的爬山虎

晌午,乔一凡放下熨斗,身子轻得像一张纸,落在椅子上,然后,她人向椅背贴靠过去。她瞥了一眼外面刺眼的阳光,皱皱眉头,站起来走向阳台,强烈的阳光直逼过来,她的眼里顷刻间注满了泪水。她赶紧拉上了窗帘。

室内光线暗淡了一些,挂在衣架上的白衬衫像突然蒙上了一层灰。乔一凡把手放在白衬衫上,白衬衫带着湿湿的水汽,热气还没有完全散去,比乔一凡冰凉的手稍暖一些。她用手来回摸了几下衬衫,衬衫上的温度散去了。她把衬衫拿进房间,挂在衣架上。这是她为丈夫准备的衣服,明天丈夫要去苏州做讲座。

临近高考,李涛作为金立高中的名师,他最忙的时候到了。各高中争着邀请他做讲座。李涛是预测高考作文的高手。

这件衣服是乔一凡精心为李涛准备的,一件长袖白衬衫。按目前气温,大部分人已经穿上了短袖。李涛昨天还穿着一件短袖,今天早上,他没有穿乔一凡为他准备的短袖衬衫,穿了长袖衬衫。乔一凡是专职太太,每天看天气预报,给丈夫准备第二天的衣服，但她没想到丈夫出了点小意外。今天早上，李涛跳过挂在衣架上熨得平平整整的短袖，挑了一件长袖。

乔一凡已经有五年不上班了，她得了一种难以启齿的病，近两年已经不再化疗，人也精神了些。儿子上了大学，她不再上班，专门伺候丈夫。她给丈夫熨衣服时心里暖暖的，给丈夫做饭时心里也暖暖的，她每天祈祷自己的身体不要再出岔子，她要守着这个家，守着丈夫和儿子。

昨天晚上，李涛深夜回家的时候，乔一凡正闭着眼，像猫一样蜷缩在沙发上，耳朵里塞满了购物广告。电视里什么频道不重要，重要的是家里要有点生活气。乔一凡本来就不善于社交，自从生病后，她更没有朋友了。从早到晚，她连电话都没有一个，除了自己的脚步声，家里跟没人似的。她心情好的时候，还跟家里的物品说说话，比如，她在家里找指甲刀的时候，就自言自语，唉，记性真的越来越差了，把你放哪去了？她心情不好的时候，走到房间，躺床上；走到客厅，躺沙发上。家里静得空气都流不动。

李涛是名人，应酬多，晚归是再正常不过的事。李涛一进门，乔一凡睁开眼，还没从沙发上爬起来，就看见了李涛手臂上的伤。她猛地站起来，整个人摇晃了一下。她还是迅速走上前，抓住他的手臂，问，这是怎么了？这是谁干的？

李涛轻轻推开她，说，没关系，不小心划破了。

乔一凡愣愣地站在原地。李涛放下手包，弯腰去鞋柜里拿拖鞋。乔一凡还是愣在那里，平时李涛的拖鞋都是乔一凡给拿的。

李涛转身去卫生间，乔一凡这才追上去，说，先上点药，伤口别碰到水，别感染了。她从备用药箱里拿出阿莫西林胶囊，掰开外壳，将粉末倒在他手臂伤口上。他一言不发，不看她，只呆呆地望着窗户。她替他上完药，顺着他的目光看去，他看着的应该是厨房窗户外那几根四五寸长的爬山虎。爬山虎紧紧地贴在玻璃上，这会儿看上去，像是玻璃的裂痕。

处理好伤口后，李涛拍拍乔一凡的肩膀说，你先睡觉，我去书房，一会儿就好。

乔一凡哪睡得着觉，她开着床头柜上的小灯，等着李涛。她今晚烦心的不是丈夫拍她肩膀这事。

她烦心过丈夫拍她肩膀这事。五年前，她有一头瀑布一样的秀发。丈夫让她先睡时，都是抚着她那头秀发的。有时，丈夫还开玩笑说，你看，你让我的手滑了一跤。说罢，他放在她秀发上的手迅速往下一软。自生病化疗后，她那一头秀发再也回不来了。如今她头发长出来了，可头发莫名其妙地就变成卷曲的，粗硬的。丈夫让她先睡觉时，都是拍她的肩，再也不摸她的头发了。这五年，她为失去一头秀发，哭到偏头痛。

她躺在床上，想着丈夫的伤口。她不是侦探，但她一眼就能看出来，那是抓伤，五条抓痕深浅不一，间距不等。乔一凡想着，把右手放在自己的左臂上。对，丈夫的伤也是左臂，她回忆着他手臂上伤痕的位置，再看看自己放在左臂上的手指。有一道浅痕在手臂的内侧，那应该是大拇指的位置。手臂的外侧有两道出血的深痕，估计是食指和中指作的案，无名指和小指的抓痕相对浅些，特别是小指留下的那道，不仔细看，几乎可以忽略不计。

乔一凡将熨好的衣服挂到房间的衣架上，又在想李涛手臂上的伤。昨晚，他没有给她任何解释，这几年，他们的交流越来越少了。

几年前，乔一凡生病化疗期间，一天早上，当晨光透过窗帘，照亮整个房间时，李涛睁开惺忪的睡眼，两条手臂抬起，准备伸一个长长的懒腰。李涛抬起手臂，手臂上的一缕长发飘飘悠悠地落在他的脸上，他快速地从脸上抓起那缕长发，再看看身旁的乔一凡，他看见了她头顶偏右的地方，露出鸡蛋那么大光滑的头皮。李涛闪电般地将那缕头发扔了出去，他恐惧的模样像是在扔一条突然掉在脸上的死蛇。他的目光变化无穷，从惊恐变成平静，又变成软弱，最后停在软弱上，像在唱一首挽歌。乔一凡赶紧用右手捂住自己那一小块秃顶。这小块秃顶其实不是昨夜产生的，她几天前照镜子就发现了，此后，她每天都用生姜片在那块掉发的头皮上磨半小时。她期待李涛还没发现时，那一片的头发已经长出来了。她每晚睡觉前都用长发盖好那块头皮，再躺下。今夜，长发不听话地离开了遮盖区。

此后，乔一凡睡觉时再也不枕着李涛的手臂了。她提出分床睡，李涛没同意，说她生病了，他应该照顾她，不应该把她扔在黑暗里。乔一凡心里疼得不行，她替自己疼，也替李涛疼。

李涛是爱乔一凡的，他当年追她追得很辛苦。他们俩是南师大的校友，乔一凡是校花。时光倒回到二十年前，南师大校园里,李涛漫步在操场上,埋头看《雪莱诗选》,翻到《给索菲亚》,"你多美,陆地和海洋的女仙……"刚轻声念完这一句,一个女孩从他身旁走过。李涛抬头看见了一个背影,一个一头秀发的背影,那是怎样的风一样柔软的黑亮头发呢?他说不出来,他脱口而出的是:女仙。后来他们恋爱了,成家了。李涛在动情时,总会轻轻说,女仙。他说他是先爱上了女仙的头发,再爱上女仙的。夫妻共同生活的这十八年,乔一凡不止一次想过,李涛是爱她,还是爱她的头发?在结婚最初的几年,他们过得并不富有,但李涛曾多次托人从国外买洗发护发用品。

阳光慢慢向西移动,时间已接近下午两点。乔一凡来到厨房,她并没有食欲,只是站到北窗前。这爬山虎是前些日子爬上他们家窗户的,它适应性极强,是喜阴植物,又不怕阳光。乔一凡看着它,它刚长出几片豆大的小叶,西斜的阳光照在小叶上,可以看见叶片上有如同少女脸上的细小茸毛。微风拂过,小叶片轻轻碰一下玻璃窗,过一会儿,再调皮地碰一下玻璃窗,像是一种挑逗。昨晚的李涛看着这爬山虎,心里在想什么呢?

乔一凡看着爬山虎,想着李涛手臂上的伤痕,那伤痕很有可能是女人下的手,男人下手一般使用拳头。李涛和那女人之间发生了什么事呢?这些年,乔一凡只知道,李涛越来越有名,已经有外省的学校邀请他去做讲座了,他越来越忙,常常出差。出差是一件苦差事,李涛每次出差回来,情绪有好有差。情绪差的时候,他只是沉默着,从没跟乔一凡发过火。这么好脾气的男人,会惹到谁呢?

乔一凡想不出头绪，在家里来来回回走着。她担心他，心里烦透了。她抓起手机，给李涛打电话。无人接听。她打了三个电话，李涛还是不接，她慌了。她有了去学校找他的念头。

自从生病后，她就没有去过他的学校。他的学校也是她的学校。她曾经那么美，是他的骄傲，现在她变得连自己都不敢照镜子了。她化疗后，开始掉头发时，一天早晨，她刚坐起身，发现李涛站在床前，面色凝重地看着她的枕头。她扭头看向枕头，看见了浅蓝色的枕头上沾着两三处血色斑点。她的泪一下子就涌出来了。她所有的不堪，他都看见了。

乔一凡知道李涛是完美主义者。她生病住院期间，跟他说，我不希望任何人看见我现在这个样子。李涛说，好的。她在病床上常常听见他接电话时说，哦，谢谢，医生说她现在需要安静，亲朋好友最好不要打扰。

她现在怎么能去学校，给他丢人现眼呢？乔一凡给小尤打电话，在学校里，小尤是她的好朋友。

小尤，在忙吗？

凡姐啊，不忙。你在哪里啊？

在家呢。我给李涛电话，他没接，我有点事跟他说，你帮我喊他一下。

哦，凡姐，他正在接受电视台的采访呢。

那好吧。谢谢。他采访完会回电话的。

没等小尤回话，乔一凡匆匆挂了电话。她怕跟人交流，她怕回答别人的问题。她也知道自己已不是一个正常人。李涛没有弃她而去，已经够好了。他是公众人物，在接受采访时，不止一次提到妻子非常支持他的事业。他的原话是这样的，可以说，没有妻子的支持，就没有我的今天。记者再问，在几年前对您的采访中，您也说过这样的话，无数观众为之感慨。据说您的妻子现在身体不太好？观众朋友们也非常关心这位幕后英雄，她情况怎样呢？李涛非常坦然地说，她身体确实不好，现在我只要有时间就回家陪着她，她恢复得很好。这段采访，让李涛成为全市女性心中的男神。

这天，李涛一直没有回电话。乔一凡也不愿再打过去。她在沙发上躺着，看着客厅东南角的绿萝有了几片枯叶，该修剪了；绿萝旁的花架上的"一帆风顺"，花和叶都有点蔫，该浇水了。她看着它们。她依然躺着。李涛有时做讲座，有时喝酒，有时上课，不接电话也不是什么大不了的事。但今天不一样，他手臂上的伤，像一根鱼刺，卡在乔一凡的喉咙里，让她不得安宁。

愁容满面的乔一凡刚闭上眼睛，就听见了开门声。李涛进来时，乔一凡立刻从沙发上坐起，有些恍惚。由于阳台的窗帘被拉上了，客厅里光线不好。李涛进门后随手开了灯。

他问，你不舒服吗？

乔一凡说，你怎么不回我电话？

哦。忙忘了。你不舒服吗？

没有。

那我去书房做明天的课件。

等一下。

刚刚跨出去几步的李涛回过头，他的眼神那么温软。乔一凡站起来，说，我再给你上点消炎药。

　　李涛先是愣了一下，那样子他像是忘了手臂上的伤。他说，已经没事了。

　　乔一凡说，还是再上点药，小心点好。

　　上药时，李涛沉默不语。

　　乔一凡说，这是碰哪儿了？

　　这句话本身就像是自言自语。李涛没有回答这句话。

　　片刻，李涛说，好了吗？明天的讲座，还有许多内容没有准备好，我要忙去了。

　　乔一凡放开李涛的手臂，看着李涛匆匆走进书房。

　　乔一凡心平气和地去厨房做饭，她习惯性从冰箱里拿出章鱼，他们家冰箱里一年四季不缺章鱼，因为李涛喜欢吃章鱼。今晚，乔一凡拿出章鱼后，又把章鱼放回了冰箱。她想着李涛手臂上的伤，章鱼是海货，属于发物，对伤口不好。不管李涛手臂上的伤跟哪个女人有关，他回来了，感觉上就跟外面女人无关了。

　　饭桌上，李涛不看乔一凡，专心致志地吃饭，咀嚼声有点夸张。乔一凡停下筷子看他，他依然不抬头。乔一凡看他良久，就问，那伤怎么来的？

　　不小心碰的。

　　碰到别人指尖上了？那分明是指甲划痕。

　　李涛不语。

　　乔一凡说，我不是胡搅蛮缠的人，可你也别以为我有多傻呀。

李涛放下筷子，说，吃饱了。没什么事的，你不要多想。

乔一凡痛苦地闭上眼睛，低下头，用两只手撑着额头。李涛转身离开餐桌，又去了书房。

关于伤口的来源，李涛是铁了心不肯说了。乔一凡如果再刨根问底，就有点不够体面。乔一凡记得，三年前她头发掉光的那段时间，戴着发套。有一天夜里醒来，李涛已经进入深睡眠。她拿下发套，想让头皮透会儿气。哪知李涛在这时要起夜，他打开灯，看见了光着头、眼睛瞪得大大的乔一凡正看着自己，他失控地尖叫了一声。那时的李涛几乎崩溃，也没有抛弃她。她一个病人，有什么资格步步紧逼他呢？

乔一凡在床上等着李涛，自从生病后，她就远离了手机，都说长时间看手机，对这不利对那有害的。她这病身子，更是对手机敬而远之。手机于她，只有两个功能：接打电话和知晓时间。此时她把手机握在手里，像个瘾君子，一会儿看一下，过一小会儿又看一下。有时中间间隔不超过两分钟。太晚了，都快十二点了。李涛还是不来房间睡觉。乔一凡越来越焦虑。就是因为那道伤口吗？以前的李涛出差不回家，或者在书房工作到深夜，这些情况太多了，她也没有焦虑过。

十二点。他还没来。他这是在发出一种危险信号吗？乔一凡的偏头痛好像犯了，疼得她牙齿咬得咯咯响。

她下床，头疼得厉害，必须吃药了。她下床后，没有去拿药，倒是先去了书房，书房门紧闭。乔一凡耳朵贴着房门听了一会儿，一点动静都没有。

她轻轻推开门，李涛靠在椅子上睡着了。乔一凡的闯入，惊醒了李涛。李涛说，哦？都几点了？怎么睡着了？说罢，他收拾起办公桌上的一些资料，离开了书房。乔一凡也跟着离开书房，随后，李涛去洗澡。乔一凡上床。乔一凡忽然想起自己是下床找药的，可现在头真的不疼了。李涛是她的药。

次日，李涛出门前，乔一凡惦记着他的伤口，要看一眼才放心。伤口愈合得很快，结上了黑黑的痂。她放下他的袖子，把袖口上的扣子系好。李涛拍拍她的肩膀，出门去了。

乔一凡站在阳台上，看着李涛拖着行李箱向小区门口走去，他的背影挺拔，步履稳健。他越走越远，直到被高大的树木和楼房淹没。乔一凡心中又飘荡出不安，她转身回屋，实在没什么可以做的。她又蔫蔫地躺在沙发上，才躺了一会儿，她站起来在家里转来转去，心里慌慌的，她慌什么呢？她看着她喜爱的花草，可它们也抚慰不了她的心。近两年，乔一凡身体稍好些，她的时间多得花不完。她将大部分时间都放在花草上，她养过的室内盆栽花草不下二十种，但渐渐地，所剩无几。她看不得鲜艳的花朵在她的眼前一天天枯萎，看不得一盆好好的绿植变成一堆枯叶，如今家里只剩绿萝、富贵竹、"一帆风顺"了，一些难养的花草，她不再养了。乔一凡没生病时，是金立高中的数学老师，对数字有特别的偏好，闲时在家就数绿植的叶子，每个盆栽有多少片叶子，哪一天哪一盆新开出一朵花，这些她都清清楚楚。

现在，乔一凡的眼里放不下一片叶、一朵花，她烦躁了一整天。她决定晚饭后出去散步。她白天不出门，晚上出门也都是李涛出差的时候。李涛不出差的日子，她都在家里守着，生怕错过他回家的时刻。

乔一凡戴着口罩，刚出电梯，看见右前方走来的是一楼的王妈，她即刻左拐。她不想跟别人谈她的病，但熟人遇到她，好像只想谈她的病。这让乔一凡很是犯难，别人问起她的病，她只能如实相告，她的子宫被切除了。可谁愿意重复说自己是一个没有子宫的女人呢？

乔一凡的家离龙湖很近。她偶尔散步，都是到龙湖边走走。她喜欢湖边的风，喜欢奔跑的小孩，喜欢一群退休老人的吹拉弹唱。这些可以让她暂时忘掉自己是一个病人。绕湖走了大半圈，按以往习惯，照例坐到湖边的木椅上歇一会儿。刚坐下，旁边就来了一对小情侣。男孩将女孩被风吹乱的长发理顺，这动作让乔一凡伤感起来。她有一头长发时，李涛也喜欢做这个动作。乔一凡用无限缅怀的目光看着这对小情侣。男孩理顺了女孩的长发，女孩娇嗔道，我要去把它们剪了，都麻烦死了。

男孩道，别别别，女孩子还是长发好看。

乔一凡听不下去了。她想着自己一头粗硬微卷的短发，是不是李涛也觉得女人应该是一头长发才好看？这其实是毫无疑问的。

回去的路上，乔一凡感觉不到六月夜晚的怡人，她被这一对情侣的对话弄得上气不接下气，胸闷，她走得很慢。刚进小区，儿子打来视频电话，她努力让自己笑得自然些。儿子让她早点回家休息，不要太累。她再努力大笑，夸儿子懂事。

她正准备进电梯时，从电梯里出来一位埋头玩手机的女子。女子长什么模样，她没印象，印象最深的是她的头发，她扎着一条很长的马尾辫,她的头发居然是绿色的。高挑的个子,黑色T恤,黑色短裤,肤色丝袜,脚上黑色的长筒靴盖过膝盖,短裤跟长筒靴之间留有约三十厘米肤色,让整个人富有生机,这身打扮跟绿头发很配,没有违和感。

乔一凡走进电梯,在电梯门快要闭合的时候,刚刚出了电梯的女子忽然抬头向电梯望了一眼,电梯门很快闭合了。她没有再想这个绿头发女子。

乔一凡到家门口时,吓了一跳,她家门把手上居然夹着一张字条。字条上写着六个字:"还要躲着我吗?"没有称呼,没有署名,没有日期。乔一凡手里拿着这张字条,左看右看,楼道里连一只苍蝇也没有。

乔一凡拿着字条,站在门前,她不知道如何处置它,她甚至觉得这是有人放错地方了。她和李涛不需要躲着谁呀。首先肯定的是自己不需要躲着谁。难道是李涛?这时,她突然想到了李涛的伤,心里一阵哆嗦,赶紧拿着字条进了门。

伤和字条一定是出自一个人的手。乔一凡是理科生,有着缜密的逻辑思维。她必须理清头绪。是因为他躲着某人,某人弄伤了他?他为什么要躲着别人?经济债?情债?经济债的可能性不大,近些年为她治病花了些钱,但之前他们家有些积蓄。治病后他们家也并无债务。乔一凡不管钱,但她知道他们家不缺钱。

那就是情债?想到情债,她确定她已踩在地雷上,她不愿意是这个结果,但她知道是这个结果。直到现在,乔一凡还没有天塌下来的感觉。她非常冷静地再次看看字条,她想从这六个字上看出点什么,对方是什么样的人?他们之间发生了什么事?他们之间动手时，李涛有没有反击？

想着想着，乔一凡还是忍不住哭起来，这是她心中完美的男人啊。她现在想起他，如此遥远与陌生。乔一凡哭得上气不接下气，她劝告自己安静下来，她的心脏受不了这突如其来的悲痛。她是快要失去他了吗？

乔一凡来到李涛的书房，只有在书房，她才能感受到他的气息。乔一凡坐在办公桌前的椅子上，把字条放在电脑键盘上，仔细端详着上面的六个字。她这才注意到字条上的行书写得相当漂亮，可这漂亮的字像鸟喙似的一下一下啄着她的心。她不敢再往下想对方是什么样的人，越想她越觉得自己在一寸一寸矮下去，直至无地自容。她是一个癌症病人，对方是什么人都比自己强一百倍。

她不再看字条，摸着李涛桌上一本又一本的书，办公桌上一大摞书，《学记》《理想国》《爱弥儿》等多么富有营养的书，再转身看看书橱，书橱里除了满满的书，还有各种奖牌和奖杯。乔一凡打开书橱，拿出那金奖的奖牌，是全国性的赛课取得的，是李涛最为骄傲的成绩。乔一凡摸着奖牌想，李涛的优秀，可以抵过他的小错误吗？如果世上的事都可以做加减法就好了。她叹了一口气，把奖牌放回原处，就在她把奖牌放回去时，她发现了一本《雪莱诗选》。李涛把《雪莱诗选》藏在奖牌后面干吗呢？

乔一凡拿出书，她惊得差点把书甩到地上，乍一看，这书上像结了蜘蛛网，又像是夹着枯掉的爬山虎的脚。再一看，不对，是头发。

乔一凡像被书烫了手一样，迅速把书丢在办公桌上，她目光惊恐，嘴巴张成 O 字形。那本《雪莱诗选》像一个长出了一缕头发的怪物，趴在办公桌上。

乔一凡盯着那本奇怪的《雪莱诗选》，她像一匹累坏的马，喘着粗气。她不停地告诫自己：冷静，冷静。当她平静下来，伸出手去，拿起书，细细一看，这些头发是夹在书里。她打开书，第一页，几根黑色长发。她用手摸摸，多么熟悉的手感，是不是自己的头发？第三页，是一根白色长发，她又用手捻捻，也像是自己的。第五页，一根咖色长发。这肯定不是自己的，她从不染发。第七页，一根褐色长发。第九页，一根浅黄色长发，带点卷，小尤笑盈盈的形象忽然在乔一凡脑海里浮现，这是不是小尤的头发？乔一凡来不及细想是不是小尤的头发，翻书的速度越来越快，像她的心跳。翻到第二十七页，绿色，一根绿色长发，她把这根头发拿在手里，看看长度，看看粗细，难道是她？电梯里遇见的女子是她见过的唯一染绿头发的人。她把这根绿头发放回了第二十七页。第二十九页，一根柔软的细细的黑色长发。再往后翻，没有了。

乔一凡的脑子有如一团乱发。下面该怎么办？谁能告诉她，接下来该怎么办？打电话质问李涛吗？那她自己在家里翻箱倒柜找出这些麻烦来，是为什么呢？就是为了找出证据赶走他吗？她细细想想，自己从没有想过要赶走他。

乔一凡在书房里待了一夜。她一遍一遍地翻着那本夹着头发的书，看着那些头发，猜测着头发的主人，她们的职业、年龄、样貌等。她把与李涛认识以来所有重要的细节想了一遍，得出了甜蜜与痛苦的守恒定律，当初有多少甜蜜，现在就有多少痛苦。

天快亮了，每个李涛在家的日子，她早上都用破壁机给他做营养早餐。现在，她的心像是被破壁机搅碎了一样疼。

整个城市在早晨醒来，窗外传来一地鸡毛的日常生活：早啊，上班去啊……今天骑自行车上班啊……走快点，这书包怎么背的？再不快点就要迟到了……乔一凡合上书，把书放回原处，把奖牌也放回原处，关上书橱门，恢复到没有被翻动过的模样。还有那张字条，她本想把它撕碎，后来干脆把它在烟灰缸里烧掉，并清洗了烟灰缸，书房跟李涛出门前并无二样。

她关上书房门的时候，忽然觉得自己是关上了潘多拉魔盒。

秋叶黄时

盛秋厘远远地看着小虎，小虎坐在那尊石像旁，两条前腿撑着它高高昂起的头，两只铜铃似的眼睛，亮闪闪的，一眨不眨地盯着盛秋厘。

盛秋厘倚靠在银杏树干上，一片银杏叶悠悠地从她的头发上滑到她的鼻尖，转了半个圈，悄悄落到地上。老张最喜欢秋天，最喜欢秋天的银杏树。老张说秋天的银杏叶像极具韵味的女人，尤其那黄色，不媚不佻，亮丽中不失端庄。这句话，老张是和盛秋厘饭后散步时，随口溜出来的。

老张说完这句话，盛秋厘看了老张一眼。盛秋厘眼里的老张是个闷葫芦，和老张生活几十年，还真不知道他这闷葫芦里装的什么药。按理说，他这木头似的人，怎么可能看花非花，看叶非叶呢？

盛秋厘在想老张的比喻，怎么偏偏把银杏叶比喻成女人呢？可不可以比喻成蝴蝶？她还没把老张的这个比喻琢磨透，老张又开口了，说这叶的外形，也是蛮精致的，该曲线的曲线，该直线的直线。

这老张研究银杏叶还上瘾了？盛秋厘反问一句，秋天的树叶哪片不是黄色的、有曲线的呢？

也对呀，小厘说得有道理，怎么就对着银杏叶说疯话呢？老张不说话了，默默拉起小厘的手，继续散步。

后来盛秋厘独自一人来到公园，坐在老张常坐的那张长条木椅旁，看着隔一条小道的银杏树。满树银杏叶密密的，金灿灿的。那密，那金色，完全不是凋零的气味，简直像一个完全成熟的少妇，肆意地绽放着她的美。再看看木椅后面的无患子树，首先叶形还真的不如银杏叶精致，再看看颜色，黄中带枯，色泽暗沉，何况叶子掉得像老人的头发，稀稀疏疏的，有很浓的朽迈的气息。盛秋厘心里服了，老张是有眼力的。

金黄的银杏叶还在，有眼力的老张却不在了。老张走了一个月，走得很突然，就一个跟头的事，老张就永远地把自己深埋在这个秋天，把他所有的喜怒哀乐存封在那永远闭着的眼睛里。盛秋厘收起目光，低下头，踩着沙沙的银杏树叶，朝小虎走去。小虎起身，从石像走向长条木椅，围着木椅转了一圈，然后乖乖地走到盛秋厘身边。这家伙似乎每次都是故意赖着不走，非要盛秋厘在过去的时光里走一段，直到盛秋厘泪流满面，或者哽咽，或者身子软得站不住蹲下去，小虎才肯回家。这小虎其实不小了，都六岁了，但叫它老虎，似乎又不太妥当。

小虎是老张母亲遗物中的一件，老张母亲去世的时候，小虎才三个月。老张把小虎领回家时，盛秋厘一百个不情愿。

母亲去世的那一年，老张儿子刚结婚，住出去了。老张也正好退休,每天在机关忙碌的他,突然退休,闲得慌,弄一条狗陪着,挺好的呀。

盛秋厘不愿意,就算老张照顾小虎像当年照顾儿子一样。可是儿子长大会洗脸刷牙,会用抽水马桶,会给盛秋厘倒茶水,这小虎会吗?家里不知道会被小虎糟蹋成什么样子呢。儿子身上有乳香,可小虎身上,哪怕老张一天给它洗十遍澡,它身上就是有狗腥味。盛秋厘是一个小有洁癖的舞蹈演员,小虎领回家的第一个年头,老张不知受了盛秋厘多少无名火。老张这人就是脾气好,一辈子没有对盛秋厘高声过,对的错的全都包揽。盛秋厘的闺蜜周小雅跟盛秋厘聊天的时候,话题绕着绕着就绕到老张身上。周小雅说老张的优点数不胜数,一辈子也聊不完。年轻时的盛秋厘不觉得自己有多幸运,甚至觉得老张有点怂,但老张也不怂啊,老张在机关是出了名的有能力的干部,从一般科员干到一把手局长。盛秋厘有时想想都觉得好笑,这么一个半哑的人,怎么当领导的?为这事,盛秋厘还专门溜进了老张的报告厅,台上的老张哪是老张啊,简直是中年妇女的偶像,连盛秋厘这样心高气傲的女子都被折服了。翩翩的风度、满腹的才学、磁性的声音,依稀的皱纹和白发都看不见了,英俊得很。打那以后,盛秋厘觉得自己确实嫁对了。

盛秋厘领着小虎走一步歇一步,大衣被风吹得贴在身上,越发显得单薄。本来就身体纤瘦的盛秋厘,在老张走了的这一个月,像夏天出了冰箱的冰激凌,化了一大圈。除了这瘦,再看看她那蹒跚的步子,这哪像一个全市闻名的舞蹈演员,她的左腿麻木得快迈不动步子了。

明天就要被儿子接到另一座城市了。本来老张刚去世时，儿子就要接走盛秋厘，盛秋厘不走。盛秋厘认为自己可以的，可以在这里再和老张待些日子，却不知道自己的身体败得这么快，怎么浑身都是病了呢？前些日子，早上刚起床，莫名其妙地脚下像踩空了一样，一跪一趴就那样摔倒在地，头晕目眩。好一会儿都爬不起来，不知道是哪里使不上劲。盛秋厘当时就哭了，怎么可以活得这样狼狈！

最近腰疼得连地都扫不了了，打扫整个客厅要去沙发躺两次。还有要命的左脚掌，有一次盛秋厘狠狠掐自己的左脚掌，却没有痛觉。那次盛秋厘气疯了，去厨房里拿了一把菜刀，要宰了自己。可她不知道从哪里下手，该砍哪里可以一刀了结这条残命？

还有小虎，这一个月，只有四个休息日，小虎是吃饱了肚子的。休息日儿子会过来，儿子来的日子，盛秋厘像没事人一样，她不想让儿子替自己担心。可儿子一走，盛秋厘有时候一天都不做饭，蒸一个红薯可以是一顿午饭，买一个包子可以是一顿晚饭。

终于有一天，盛秋厘倒在床上，连一口水也喝不上，她头晕腰疼脚麻，身体的三个重要部位一起袭击她时，她妥协了，答应和儿子一起生活。当时的小虎在客厅和卧室之间转来转去，小虎这一个月也明显瘦了，它浑圆的身体有了骨感，甚至连走路都是哲学家般的踱步。和老张散步时，小虎从来都是奔跑着的，它跑一阵子，把老张甩下一大截，然后再跑回来，如此来来回回，每晚的散步它都要跑出老张的四至五倍路程。老张看着前面蹦跳着的小虎，心情会无理由变好。据说泰迪犬最长寿命是十五年，没有了老张，小虎成不了长寿的那个。是你命不好。盛秋厘叹息道。

盛秋厘来公园就是和老张说一声的，和老张的银杏叶道别，和老张的长条木椅道别。夕阳照在盛秋厘的头发上，有几根白发自动跳出来，在风中飘啊飘，说不出的忧伤。这黄昏时分，公园里有三三两两的散客，可谁能认出，这是当年市剧团自编自演、拿了省一等奖的舞蹈《闪闪的红星》的领舞呢？

盛秋厘走一步回一下头，她希望老张会在她的哪次回头中突然现身。她知道那只能是幻觉，可她希望出现一次幻觉，她就要离开这个城市了，难道走了一个月的老张，已经不来这里了？这一个月，就算下雨，盛秋厘打把伞也是要来这里转一下的。老张在世的时候，一年三百六十五天，他至少有三百天都会来这里坐坐。老张曾经说过，小厘啊，心闷的时候，来这里坐坐，就觉得好多了。有老张的日子，盛秋厘从来没有心闷，只有心火，但有了心火，冲老张发，发完就罢。

这一个月，盛秋厘心也闷啊，可来这里，不奏效啊，心似乎更闷了。在盛秋厘的记忆里，老张在这公园的时间比在家里长，偶尔在家，老张基本上都在书房。不知老张在书房捣鼓什么，盛秋厘有一次悄悄溜进去，老张真的在电脑上改讲话稿。盛秋厘进去，老张没有和盛秋厘说一句话，不知道有没有看见她。如此两三次，盛秋厘没有讨到老张的半个字，每次看见的都是老张眉头紧锁盯着电脑。从此，盛秋厘再也没有进过书房。

老张走了的这一个月，有一次，盛秋厘打开书房的门，才跨进去一只脚,她就赶紧把脚收回来,关紧了门,书房里一丝阳光都没有,可她隐隐约约看见电脑前的老张,满头刺眼的白。盛秋厘常常盯着老张的照片,希望看出一个幻觉,可以和老张说几句话,问问老张,如果那天不去钓鱼,老张会躲过这一劫吗?那天和谁钓的鱼呢?怎么会摔趴在河岸上呢?

盛秋厘希望在任何地方遇上幻觉中的老张,就是不想在书房。盛秋厘心里有点恨书房,她发过誓,绝不踏进书房半步。毫不夸张地说,老张从没有在书房和她说过一个字。她以为老张走了,她可以与书房和平相处,哪知还是气场不合。

儿子来了电话,约了第二天接母亲的时间。盛秋厘在家里左看看右看看:厨房,上班时,老张基本不在家吃饭,退休后,老张学做饭,好像没天赋,一直没学会,就放弃了,盛秋厘煮什么他就吃什么,从不嫌咸嫌淡;客厅,就那沙发,老张坐着看新闻的沙发,在白如昼的灯光下,没有残留老张的一丝气息;再者就是床了,除了出差,老张无论早晚,哪怕有时是夜里三点,他也坚持天天回家。到了床上的老张,都是听盛秋厘说些闲事,他是最有耐心的倾听者。老张还是小张的时候,蛮有活力的,不知道从什么时候起,小张突然成了老张。刚开始时盛秋厘还不习惯,故意找碴生气。老张把盛秋厘往怀里搂搂,拍拍她的头、她的背。盛秋厘在老张怀里象征性地挣几下,就平心静气了,渐渐地,这种和平的睡觉方式成了习惯,那么这床好像也没有被老张打上更深的烙印。

儿子张守一按约定时间来接盛秋厘的时候,盛秋厘和小虎都坐在沙发上。张守一环顾四周，没见行李箱，丝毫不见要出门的迹象，母亲不会要变卦吧。自从父亲去世后，张守一每晚都要打一个电话给母亲。有一次正和母亲通话时，母亲说眩晕病犯了，没说上几句话，手机里传来"啪"的一声响，然后就没了声音，急得张守一差点当晚就从八十千米开外的城市赶过来，好在隔了一会儿，手机里又传来了母亲的声音，母亲说是茶杯摔在地板上了。

这次一定要把母亲接走，张守一自己动手给母亲收拾行李，来到母亲房间，房间里有点乱。床上的被子分不清横竖正反，自由又散漫地卧在那里；衣服像被猫玩耍过的线团，没有源头、挤挤挨挨地团在沙发上，衣架上倒不见几件衣服。除了这些，房间里还有一股很浓的膏药味。张守一鼻子一酸，这哪像自己记忆中母亲的房间。张守一的印象中，母亲是这个城市中最讲究的女人，小时候，就算是他的红领巾，母亲也要把他脖子上的红领巾整理得服服帖帖，才肯带他上学去。

母亲还有一点小洁癖。记得有一次放学，来接儿子的盛秋厘远远看见儿子和"鼻涕王"黄毛手拉手排在放学队伍的第三排。当天晚上，张守一的手不知被母亲洗了多少遍，向来疼儿子的母亲突然心狠了，张守一小手被搓得通红，像是不被洗掉一层皮，母亲就不罢休。第二天放学，老师安排张守一排到队伍的第二排，手拉手排队出校门的换成了一个干净的女生。此后，张守一似乎懂了母亲的心，不是迫不得已，手决不碰脏东西，以至于在后来的很多年，成了一种怪癖。现在的张守一也是尽量避免跟人握手。

磨蹭了半个多小时，盛秋厘把小虎送给了小区门卫，拜托门给小虎喂点剩饭剩菜。小虎是不宜带到儿子家的，孙子才五岁，弄一条狗养在家里是有安全隐患的。

母子俩忙了半天，终于出门了。张守一边开车，一边从后视镜看母亲。自父亲去世后，母亲陡然老了，从前的母亲，哪怕退休后，也是不化妆不出门。母亲说过，不化妆的脸就像没洗干净一样，出门会不自在。可现在后座上的母亲，不要说化妆了，就说那头发，母亲今天早上肯定没有梳过，至于昨天或者前天有没有梳过，也是不确定的。

汽车在高速上急驶，母子两个都沉默不语，各想各的心事。

盛秋厘看着迅速往后倒退的绿化带，很多心事来不及整理，都一闪而过，像跳跳糖，没法停留，乱七八糟地蹦蹦跳跳。她抬头看看天，还是云朵安静，无论汽车怎么飞驰，云朵都安静地悬浮在天空下。记得老张退休后的第一天，坐在公园的长条椅上，拉着盛秋厘的手说，小厘啊，以后我们的生活就是"望天上云卷云舒，看庭前花开花落"。当时盛秋厘把另一只手搭上去，紧紧地握着老张的那只手，安慰老张失落的心。

如今的她，成了需要安慰的人。她理解儿子的苦心，儿子是舍不得她这个母亲，可儿子不知道母亲的用心。

媳妇叶拉是一个独生女，她的出生是一个意外，她是她母亲四十五岁怀上的，能够在这个年龄怀上并生下她，实在算奇迹。叶拉自小到大都是公主的做派，偏偏儿子吃那一套。叶拉的父亲在叶拉十六岁时就去世了，叶拉和张守一结婚时就强调过，她母亲是要一起过来的。张守一回家跟父母商量了这事，盛秋厘不愿意，可不久叶拉就怀孕了，这婚事被提前到来的宝宝给促成了。

婚后，叶拉母亲相当于免费的保姆，这倒也正合盛秋厘的意，所以从儿子结婚的一开始，盛秋厘就不怎么去儿子家。

如果不是自己的身体不争气，盛秋厘还是不会去儿子家的。现在的情况更复杂，叶拉的母亲中风，卧病在床，所有的家务都是保姆干，保姆也不知道换了多少个。不是工资的事，是保姆觉得活儿实在是多，接送孩子上幼儿园，照顾卧床的老人，还要买菜做饭打扫卫生。从早到晚真的是屁股沾不到板凳，忙个不停。

就在盛秋厘想儿子家事想得头大的时候，张守一问母亲要不要进服务区。盛秋厘说自己不需要去，随儿子进去不进去。张守一和母亲拉起了家常，说最近的这个保姆是一个乡下人，肯吃苦，人勤快，母亲过去之后，有什么事，尽管使唤保姆。还说把母亲接过来，他这个做儿子的心里踏实多了。母子俩聊着聊着，盛秋厘居然睡着了。老张去世后的这一个月，盛秋厘从来没有睡得这样安稳过。

一进儿子家门，保姆就赶紧从鞋柜里拿拖鞋。盛秋厘换鞋时看了一眼客厅，还算整洁，再看看保姆，确实是一个老实巴交的农村妇女，年纪有点偏大，约莫六十岁了，有些粗壮，不过看上去干干净净，干活也利索。

盛秋厘先去了叶拉母亲的房间，和叶拉母亲聊了几句，其实不是聊天，就盛秋厘说了几句，然后再猜猜，叶拉母亲说话很努力，盛秋厘还是听不懂。叶拉母亲的声音从嗓子出来，不经过嘴巴的处理，是形成不了语言的。

晚饭的时候，叶拉带着儿子多多回家了。叶拉叫一声"妈"。又让正换鞋的多多叫"奶奶"。多多眼睛盯着沙发上的平板电脑叫了一声"奶奶"，就奔向了沙发，玩起了平板电脑。盛秋厘看着多多，心中悲喜参半。张守一招呼大家吃饭，保姆到叶拉母亲房间喂饭。

盛秋厘就这样在儿子家住下了，生活是另一番样子。每到上班时间，家里就剩下三位老人。保姆送孩子买菜的时候，家里是盛秋厘和叶拉母亲两个人，这个时间盛秋厘总在家里转来转去，房间里的叶拉母亲总是哼哼唧唧的，不知道在说什么。盛秋厘进去问她有什么可以帮忙的，她总是摇摇头。如果盛秋厘这个时间出门，把叶拉母亲一个人扔在家里，她觉得有点不近人情，但每天听着叶拉母亲吐字不清的发音，盛秋厘特别难受。

每次，保姆买菜回来，把菜往厨房一放，就去叶拉母亲房间。保姆是一个话不多的人，每天只做事，不多话，你不问她不说。盛秋厘决定进去看看，盛秋厘一推门，只看了半眼，就迅速关上了门。她看见了叶拉母亲光着的下半身，那是怎样的两条腿，已经完全萎缩成两根骨头了，一旁的保姆正在给叶拉母亲换尿不湿。

盛秋厘回到自己的房间，往床上一躺，又赶紧坐起来，她觉得自己想吐，她去客厅喝了几口水。以前盛秋厘在家的时候，总是悲伤老张走得太快，这几天她看着叶拉母亲卧病在床，她倒觉得老张前世积了德的。未来的自己如果也像叶拉母亲这样，倒不如早点了结自己。可是，未来谁知道呢？说不定未来的自己不想死呢?

盛秋厘盯着从叶拉母亲房间出来的保姆，接下来保姆该做饭了，盛秋厘想看她洗不洗手。保姆直接进了厨房，盛秋厘看见保姆在厨房里用水冲了一下手。盛秋厘让保姆去卫生间用洗手液认真把手洗一下，保姆没有任何异议地接受了。

环境对人的影响是暗自发力，不动声色的。儿子张守一并没有要求母亲每天梳洗得精神点，盛秋厘自来了儿子家后，虽说还是时不时思绪就绕到老张身上去，但她的日常已经渐渐地又变回了从前。现在她的头发梳得一丝不乱，口红也用上了。

是啊，在这个家里，如果盛秋厘再不注意自己的形象，她就和叶拉母亲站成一队了。儿子是外企的高管，叶拉是外企的翻译，自然每天都打扮得光鲜。孙子多多自然不用说了，叶拉给多多买的衣服都是上千元的，好在盛秋厘是见过世面的，不然还真的会被孙子衣服的价格惊到。保姆虽是农村人，但每天也把自己拾掇得清清爽爽的。盛秋厘有一次问了儿子关于保姆的工资，月薪七千五百元。这工资在一般的小城市，算得上是高薪。可是没有这般价格，谁肯天天忙屎忙尿的。

有人群就有矛盾，盛秋厘平日里跟保姆说不上三句话，开始时盛秋厘和保姆的相处，是一问一答，她们虽是同龄人，可毕竟层次不一样，三观不同。后来她们之间好像做不到和平相处了，一切是从气味开始的。

保姆每天下午将碗筷洗好后，有一个小时的空闲时间，这一个小时，保姆在卫生间基本要待上半小时。有一次保姆刚从卫生间出来。盛秋厘刚好进去，一进去，一股异味迅速穿过鼻孔，直钻五脏六腑。盛秋厘赶紧退出，找来电风扇，放在卫生间门口，调到最大风速，朝卫生间里面吹。

不管保姆是什么文化层次，盛秋厘此举一出，保姆脸上憋得通红。保姆嘴角动了动，似乎想说什么。盛秋厘做完这些，嫌弃地看了保姆一眼，回到了自己的房间。

盛秋厘和保姆之间的关系就此紧张起来，但保姆买菜煮饭接送孩子，还真的做得无可挑剔。

保姆平时做饭处处还是挺小心的，不知出于什么心理，对叶拉母亲的饭菜总是有点含糊。比如有一次盛秋厘看见叶拉母亲专用的碗筷没洗干净，也没有进消毒柜，如果是偶尔的一次，也就罢了，可是盛秋厘发现，保姆不将碗筷放进消毒柜，已是常态。

盛秋厘知道了这事，却没有和保姆说，难道盛秋厘觉得其他碗会染上相同的气味不成？问题出在一碗鱼汤。保姆做好饭后，盛了一小碗鱼汤去喂叶拉母亲，就在保姆低头端碗的时候，一缕头发从保姆耳边垂下来，直接晃进了鱼汤，头发在鱼汤里划了一个漂亮的弧线。保姆走向卫生间，仔细地洗了那缕头发。收拾完那缕头发，保姆继续端着那碗加了头发味的鱼汤，向叶拉母亲房间走去，盛秋厘往保姆面前一横，挡住了去路，狠狠地盯着保姆。保姆迎着盛秋厘的目光，毫不退却，只是人绕了一个弯儿，从盛秋厘旁边走向了叶拉母亲的房间。

盛秋厘站在叶拉母亲的房门口，看着保姆喂那碗鱼汤。叶拉母亲似乎饿极了，用尚能动的一只手，不停地拉碗，往自己嘴里灌，可她的嘴像坏的，保姆的一勺鱼汤，只能进去半勺，还有半勺都顺着嘴角流在了围嘴上。

一碗鱼汤很快见底了，叶拉母亲突然用没有中风的那只手，一把抓住碗，摔向地板。保姆习以为常地捡起碗。

碗当然没有被摔坏，难道叶拉母亲摔碗是常事？怪不得她的专用碗是不锈钢的。

盛秋厘还是站在叶拉母亲的房门口，保姆把碗勺放回洗碗池，又去叶拉母亲房间，给她解围嘴。叶拉母亲不知道是不是没吃饱。她含糊不清的语言，很是愤怒，像是在咒骂，同时用她尚能活动的那手掐着保姆的手腕，指甲抠进表皮，血印子都出来了。

保姆忍不住了，接下来的一个动作让盛秋厘触目惊心，保姆朝叶拉母亲脸上狠狠地吐了一口痰，转身离开。

叶拉母亲几乎是嗷嗷叫了，怎么叫也没人搭理。盛秋厘愣在门口，保姆好像什么事都没有发生一样在厨房忙活。叶拉母亲看着盛秋厘，声音渐渐低下去，用她那只没中风的手，从枕头边拿出一张抽纸，擦去脸上的口水。

当天晚上，还没等盛秋厘想好，要不要让儿子辞退保姆，保姆却先开口了。保姆跟张守一说，到了发工资的时间了。张守一疑惑地看了保姆一眼，还是拿起手机转了本月的工资。这保姆来这里半年了，从没主动开口要过工资。果然，后头还有戏，保姆说自己明天要回一趟老家，家里老人生病了。

第二天保姆真的走了。付了工资再请假，这都是有预谋的，肯定就是不再回来了。

张守一联系中介，让尽快再找一个保姆。中介回复说，你家保姆难找，要找一个不怕苦不怕脏的，关键还要力气大的，所以急不来。

没有了保姆，盛秋厘当然要候补上。早饭很简单，鸡蛋牛奶面包。接着送多多，多多幼儿园离家五百米。不知道是没睡醒还是什么原因，没走到一百米，多多要奶奶抱。盛秋厘因为老张的事伤心过度，大伤元气，哪抱得动多多走几百米路？盛秋厘左哄右哄，多多就是蹲在路边不走。后来盛秋厘发火了，多多才勉强起来，边走边哭，说这个奶奶没有保姆奶奶好。

盛秋厘的心被多多给弄得乱糟糟的，去超市买了两三个菜。回到家，叶拉母亲的声音一阵高过一阵，是的，换尿不湿的时间到了。换还是不换呢？

纠结中的盛秋厘先去厨房，可叶拉母亲的叫声越来越响，最后几乎是惨烈。盛秋厘只能硬着头皮上。叶拉母亲看见盛秋厘进来，嘴里叽里咕噜的，像是抵抗，她虽中风，脑子还是好使的，她不肯亲家母伺候自己。

虽然叶拉母亲没有交谈的能力，盛秋厘还是告诉她，保姆有事回家了。说着盛秋厘轻轻掀开叶拉母亲腿上的被子，瞬间，臭味像放出笼的鸟儿，立刻飞满了整个房间。盛秋厘一阵反胃，她忍着，给别人擦屎擦尿，除了自己的儿子，这辈子还真的没干过，可儿子的屎尿没这么臭啊，就算是多多，盛秋厘也没有给换过几回尿不湿，多多是叶拉母亲带大的。人这一生啊，该有多少劫，半劫都逃不过，这不是还债来了？

叶拉母亲已经哭出了声，盛秋厘来不及哭，换完尿不湿就奔向卫生间干呕，干呕几下后，盛秋厘也泪流满面了。

这才小半天,盛秋厘已经觉得日子是熬不下去了。保姆什么时候来,是一个未知数。

中午的饭只准备两个人的,盛秋厘做了青菜粥和番茄炒蛋。她把鸡蛋夹成小碎块,放在菜粥里。盛秋厘先给叶拉母亲系上围嘴,然后喂她,只能半勺半勺喂,不然外溢的较多,房间里还有难闻的浑浊气味,床上是瘫痪的形容枯槁的老人。叶拉母亲一边吃饭一边流泪,盛秋厘从心底涌上一股悲凉。

下午的时间要打扫卫生和煮晚饭,还要接孩子。好在多多放学时没有要奶奶抱,好像精神十足。盛秋厘和多多恰好相反,此时她已经很疲倦了。等到把晚饭做好后,盛秋厘头晕,梅尼埃病犯了。她饭都没吃,就上了床。

张守一和叶拉一进家门,叶拉母亲在房间拼命叫,小夫妻俩来到床边,猜测了半天,才知道叶拉母亲要求把自己送进养老院,不送进养老院,她表示自己再也不吃饭。

小夫妻俩又来到盛秋厘的房间,喊盛秋厘起来吃晚饭,盛秋厘头晕得起不来。叶拉在一旁道歉,说都是因为照顾她母亲给累的。

当晚,小夫妻俩联系了本市最好的康复医院,决定将叶拉母亲送进康复医院。

所谓康复医院,其实就是养老的地方。条件相当不错,日夜有护工照顾,像叶拉母亲这种生活不能自理的,护工每两个小时要给病人翻一次身,护工不可偷工减料,有摄像头呢。每个人的食谱都要针对个人的情况特制。

张守一又请来了保姆,这次请保姆容易多了,少了一个身体健壮的条件,来了一个二十几岁的小姑娘。

盛秋厘身体时好时差,腰疼要贴膏药,活血要吃中药,弄得家里像药房,时时弥漫着浓浓的药味。如此的光景持续了一个多月。叶拉的脸色就没那么好看了,有时候晚餐桌上小夫妻俩也在争论。不过,到底争论什么,盛秋厘听不懂,估计在说这药味。不然他们为什么用英语争论,为什么偏偏让自己听不懂呢?盛秋厘自己去办手续,也住进了康复医院。

刚开始住进去,盛秋厘感觉还好,像她这种能下地活动的,上午九点还有保健操时间。没有了一个人住在家里的寂寞,也没有了住在儿子家的不安。

几个月后,盛秋厘感觉不大对劲了,能做保健操的人有几个相继躺床上去了,躺床上的又相继有几个变成空床位了,像这深秋树上的叶子,只见掉落,不见新生。

老张已经走了十三个月,这些天盛秋厘总是梦见老张,她想回家一趟,去公园坐坐。

盛秋厘坐在那条斑驳的长条木椅上,轻声说:"老张,我看你来了。"出去了整整一年,盛秋厘发现,自己的心突然安静了,魂还是在这里。盛秋厘环顾四周,公园里的一切照旧,只是树叶有些稀疏了。老张喜欢的那棵银杏树,没几片树叶了,像老人的头发或牙齿,屈指可数。

小虎!真的是小虎!不知它从哪里冒出来的。小虎更老了,它的毛发像枯草,那雨水沾不住、油花水亮的毛发,遗落在岁月里。它围着木椅转了一圈,对着盛秋厘摇了摇尾巴,就又坐在那尊石像旁，依然那个姿势，依然那个位置。

盛秋厘泪光闪闪地看着小虎，又突然转头向上看，她看见老张在云端向她招手，并真真切切地喊了一声："小厘！"

盛秋厘觉得自己的身子越来越轻，越来越轻，仿佛飘向天上去了。

苏姗的夜晚

一

苏姗最近陷入了困境,她有一个不应该的念头,像街头的流浪猫或者像是四处乱窜的老鼠,在不停地撞击她的心。她按不住心中的那只小兽,它随时随地要冲出她的身体。她用黑夜裹着自己好几个夜晚了,像只甲虫蜷缩在黑夜这大壳里,但这并不奏效。

天又黑了,苏姗似听觉极好的盲人,她闭着眼睛,坐在沙发上,把全身的气息都调到耳朵上去了。她听见了高跟鞋的"噔噔噔"声,紧接着是开门声,然后是"砰"的关门声,最后,楼道里寂静无声。苏姗开了灯,开了电视,把电视机的声音调得高到有故意扰民的嫌疑。她觉得自己有点不光彩,她不希望赵莹莹敲她的门。

赵莹莹敲门是半个小时后的事,她送来了螃蟹。

赵莹莹一进门,苏姗觉得整个屋子瞬间充满了生机。虽然已经是晚上九点多了，赵莹莹的妆容依然完好。灯光下她的皮肤甚至比白天还透亮，玫红色的小套裙配着黑底白圆点的小方巾，她的衣着依旧这么讲究。肉色丝袜及白色一脚蹬细跟小皮鞋，还有头发，好像一个星期前，她还不是卷发，今天的这个细卷短发和她的衣服真配。苏姗轻轻干咳了一声，拉了拉自己睡衣的衣领。苏姗的睡衣是真丝的，可已穿了三年。

姗姗，刚才出来扔垃圾，终于听到你家有动静了，以为你这几天又出去旅游了呢。

在苏姗走神的时候，赵莹莹说话了，她的声音清脆却不乏绵软，让人怎么听怎么舒服。

你又客气做什么？老是送东西过来。

面对让人舒服的赵莹莹，苏姗不想说假话。她今年都没有旅游过，就不提旅游这个话题了。

螃蟹是公司刚刚发的，发了好几箱。赵莹莹一边说一边换拖鞋，然后又径自坐到沙发上，下个月我们公司去泰国，我有两个名额，姗姗，你跟我一起去吧。

赵莹莹在保险公司上班，她自三年前离婚后就开始做保险。赵莹莹是离婚后搬到苏姗对门的，在她们相识的这三年里，苏姗目睹了赵莹莹是如何发家的，就这做保险的女人，钱来得比自家做工程的男人都快。

三年前，赵莹莹刚搬来时，是租的房。最近听说赵莹莹要买房，三年赚了一套房。

苏姗心里盘算着怎么跟赵莹莹开口，赵莹莹坐在沙发上说着什么，苏姗一个字都没听进去。怎么说这事都很丢人，苏姗当全职太太已经十年了,现如今想去保险公司上班,这样的事,苏姗觉得有些丢脸。

但是为了宋连,苏姗可以忍下所有委屈。

想到宋连,苏姗心一横,说出了那句话,我想跟你学做保险。

苏姗红着脸说出了这句话。她一说完,就别过头去,不看赵莹莹,从茶几上拿了一个苹果削起来。赵莹莹肯定会问出一连串的问题,随便什么样的问题,苏姗都会难堪。

苏姗可是圈内姐妹心中的偶像,四五个要好的姐妹就只有苏姗是吃闲饭的,其他的都是要起早贪黑工作的。就算如今日子过得红火的赵莹莹,三年前刚离婚那会儿,她的很多衣服都是苏姗送给她的。

现在苏姗要跟着赵莹莹学做保险,怎么想怎么别扭。苏姗内心的斗争已经很久了,今天她故意在家整出点动静,引来了赵莹莹,就是为了说出这句话。

赵莹莹听后,没有提出任何疑问,她非常欣喜地答应了。接下来,赵莹莹如数家珍,说出了她的哪些徒弟做得如何如何出色。

赵莹莹绘声绘色讲哪个徒弟几个月就做到资深主任,什么人辞了公务员职务进保险公司,做得好的一年收入上百万。苏姗听得入神,她那些似雾团的矛盾、顾虑都慢慢消散,而赵莹莹就是驱散迷雾的那束阳光。

正当她们聊得起劲的时候,宋连回来了。赵莹莹没看苏姗使过来的眼神,自动绕开了保险这个话题。

大忙人宋总回来了，我就不打扰你们两口子亲热了。说罢，赵莹莹起身要走。

赵总看见我回来就走，估摸着对我意见很大啊。

我哪敢生您的气啊。说完，赵莹莹狠狠地白了宋连一眼。

他们俩就这样你一言我一语的，显得苏姗像外人。苏姗心想：看来今天丈夫心情不错。

苏姗印象中，在婚后的二十年里，宋连从不和别的女人开玩笑。饭局上倒是见过一些轻浮的女人主动和宋连搭讪，宋连都是笑笑回应，从不和这些女人多说半个字。苏姗心中的宋连，是世界上最好的男人，婚后的前十年，苏姗在机关办公室当秘书，每晚回家脖子硬得转不动，宋连常常对苏姗说自己要赚很多的钱，不让苏姗受这份罪。宋连真的做到了，十年后，苏姗当上了全职太太。开始几年家里还请了保姆，这两年儿子上大学了，也就不用保姆了。

二

送走赵莹莹，苏姗刚想和宋连商量着，要不要现在就把螃蟹蒸了，她看见宋连脸上的笑容像突然被一阵大风吹走了。他皱着眉头，站在客厅中央左看右看，像是来参观的。也是啊，他已经五个晚上没有回家了。近两年随着公司的规模越来越大，宋连应酬越来越多，基本上是他请客，公司旁边有个中等偏上的饭店，那里几乎成了宋连的食堂，十天有八天在那里请客，为了避免酒驾，宋连常常吃了晚饭就步行到公司睡觉。

看来宋连心情还是不好,他责怪苏姗,天天在家都干些什么,花瓶里的富贵竹已经枯得只剩下两片绿色叶子,也不知道换。

苏姗说明天就换。她把宋连的睡衣拿到卫生间,让他赶紧洗澡休息。

苏姗哪敢提醒宋连,他已经三个月没有给她零花钱了,苏姗的小金库也快空了,哪有闲钱常换花瓶里的花花草草。

丈夫手头肯定不是一般紧。以前的宋连常常带苏姗逛品牌店,往她卡上打钱。八年前的结婚纪念日,宋连专门开车好几百公里去苏州为苏姗订制了一条丝绸围巾。苏姗的家是苏州的,当年苏姗不顾家里人反对,只身一人来到几百里外的小县城,嫁给了大学同学宋连。

那条围巾,玫瑰红的底色,两头分别绣着一株两朵的粉色并蒂莲,围巾的中间绣着两人的合照。这条围巾苏姗从来没有围过,但苏姗对这条围巾比对自己的脸还熟悉。

每个宋连不在家的夜晚,苏姗不免对宋连心生不满。这个时候,苏姗就拿起放在床头柜里,用很考究的雕花木盒装着的这条围巾。每次苏姗看到这条围巾,她对宋连的怨恨就顷刻间消失了。多好的宋连啊,她用手摸摸他的头发,他的绵软的头发,再摸摸他的耳朵,他的弥勒佛一样的大耳朵,还有他的嘴,他的嘴唇肥厚性感。他知道她想念故乡,他一个人开那么远的车,只为给她一个惊喜。他懂她的那颗敏感易碎的玻璃心,他用并蒂莲表达他的忠心。还有这照片,如果不是用心,是断然想不出这个妙主意的。

宋连洗完澡,一言不发上了床。苏姗在卫生间手洗宋连的衣服。她自己的衣服都机洗,三年前她做了个手术,身体状况不佳,大概激素药用多了,整个人胖了一圈,还一身的毛病,这才洗了一会儿衣服,就开始腰疼了。她边洗衣服边想:要不要告诉宋连自己去保险公司上班的事?思来想去还是先不说,等自己挣钱了,解宋连的燃眉之急,给他一个惊喜,像当年的他一样。

苏姗忙完,去了卧室,她本能地去开床头柜,开了一半,又关上了。今天宋连回来了,她不需要再温习那每晚的必修课,把围巾叠得整整齐齐,叠成他们合照那么大,放在宋连的枕头上,抚摸围巾,然后她看着他,满足地睡去。

是的,她看着他,他也看着她,他看着她开又关的床头柜,冷漠地看着她,那意思好像床头柜里藏有天大的秘密。

对于宋连,这确实是秘密。苏姗不怪他,不怪他这冷漠的目光。熄灯后,苏姗靠向宋连,轻轻摸了一下宋连的耳垂,宋连一动不动。轻摸耳垂是他们想亲昵的暗号。

宋连回家后的表现越来越差了。前两年宋连喝酒,每次回家都很晚,每次回家都发着牢骚。苏姗知道他跟名叫李小方的院长走得很近。但苏姗不知道这院长长什么样儿,自从她做了心脏搭桥手术后,她基本不和宋连出去应酬了。

李小方是设计院的院长,宋连是做工程的,李小方介绍了很多生意给宋连,这个人让宋连又爱又恨。李院长有两大爱好:喝酒和"掼蛋"。如果再想想,这李院长还有什么特点的话,那就是爱生气。只要李院长喊喝酒"掼蛋",宋连必须放下所有的事,赶到李院长的指定地点,陪吃喝玩乐。宋连不敢有丝毫怠慢,他领教过李院长的脾气。某一天下午李院长喊宋连陪"掼蛋",宋连在工地实在走不开,为这事,李院长跟宋连生了一个月的气,电话不接,微信不回。最后还是宋连去李院长办公室请,李院长还说没空。宋连硬是坐等,等到李院长下班,接李院长去了饭店,并请了一帮朋友,都拿李院长当皇帝伺候着,宋连更是自罚了一杯又一杯,醉得扶墙走,这事才算罢休。

宋连回家跟苏姗说,等老子有一天不做工程了,去他的李小方。老子不也是爷?非要当这孙子。

宋连折腾到半夜不肯睡觉,翻来覆去重复着这句话,把苏姗的心说得生疼生疼的。

现在,宋连好不容易回家一次,也不见他跟苏姗谈心,但苏姗理解宋连,生意压力那么大,在外面要当孙子,回来当爷也是应该的,随他的意好了,不说话就不说话。

这一夜,苏姗没有睡着觉,她听着宋连不算均匀的鼾声,一会儿高,一会儿低,一会儿急促,一会儿又没了声音,偶尔还冒出含糊不清的梦话,每一句梦话都像磁铁一样,紧紧地吸着苏姗的好奇心。苏姗把他的梦话来来回回翻译了十几遍,还是没能翻译出宋连对她的心意,苏姗不会问他,更不会摇醒他。宋连多累啊,她下决心要做好保险,减轻宋连的负担。也许自己做保险成功了,缓解了宋连的压力,他们又可以回到从前。

三

事情的发展跟闪电一样快,苏姗来不及犹豫,就被公司派往外地，新人上岗培训三天。

培训结束，苏姗拖着行李箱进家门的时候，天已完全黑透。

苏姗这次有别于往常，到家后没有急着换睡衣。她打开了家里所有的灯，客厅、厨房、卧室、卫生间到处亮堂堂的。她站在穿衣镜前看着自己的着装打扮，虽说有些憔悴，可这身正装让整个人又挺拔又精神，她心里像有无数条小鱼在欢快地游来游去。三天的培训，让她对未来充满了信心，她确信保险会给她带来一条无比辉煌的路，成功结结实实地在前方向她招手，正如培训班上她的发言：我希望自己在保险的路上走得更远，为更多的人带去保障，帮助更多人转移生活中无处不在的风险，当然，在为客户服务的同时，也希望自己能在精神和物质上收获更多！

发言完毕，她自己都吓了一跳。她一向胆小懦弱，人群中都喜欢站在不显眼的位置。每次朋友聚会，能不说话的她是坚决不吐半个字，朋友都知道，她的人生格言：沉默是金。她信奉只要开口，总有出错的时候，但那时那情那景下，她不知借的何方力量，讲出这样慷慨激昂的话，说明她是有潜力的，宋连一定会对她刮目相看。

她出差的第一天，就给宋连发了信息，说自己出去玩三天。宋连回复知道了，让她在外小心点。

她在宾馆睡不着觉的时候，就读宋连的这条信息。这条信息附有魔力，有时艳如桃花，像宋连的笑脸，苏姗想着想着，也跟着笑了；有时又烫如烙铁，特别是"小心点"这个词，很久很久以前，他们做完爱，宋连总要说"小心点"，那个"小心点"是指苏姗起身去卫生间时不能弄脏了床单，这个"小心点"弄得苏姗面热心燥。

苏姗照着镜子，越发对自己满意。事实上，镜子里的她破绽百出，那因失眠毛孔粗大暗黄的皮肤，那黑眼圈，那微微干裂的嘴唇，唯独闪亮的也许就是那微笑，那想停也停不了的微笑。

苏姗在卫生间的时候，隔壁邻居卫生间里又传来了那首歌："化作风化作雨化作春走向你……化作烟化作泥化作云飘向你……"每个人的喜好都不一样，隔壁邻居似乎特别喜欢在卫生间听歌，而宋连就喜欢在卫生间抽烟。宋连自从去越南旅游后，像被导游勾了魂，只抽"沉香"牌的香烟。他除了在卫生间里抽烟，每次他们一番云雨后，宋连也倚着床背抽烟。烟味很浓，开始时苏姗被呛得总想咳嗽，她把咳嗽压在喉咙里，憋不住了，就起身去喝白开水。她不能咳嗽，不能有半点不适的表现，而让丈夫改变喜好。后来的苏姗慢慢适应了，也被宋连的香烟味勾了魂。

宋连很久不在床头抽烟了。

苏姗发了一条信息给宋连，说自己到家了。苏姗一边留意着信息，一边做着手里的事，泡一杯代餐当晚饭。

苏姗洗完澡，宋连还是没有回复信息。时间还早，宋连一定还在饭桌上，饭桌上的宋连从不玩手机，苏姗暗地里很喜欢宋连这一点，以至于现在她看见饭桌上玩手机的男人，就心生厌恶。宋连的不回复并没有影响苏姗的心情，她觉得自己的身体像浸泡在温水里，那么柔软地想着宋连。

她打开床头柜，双手去捧雕花木盒。不对，木盒被人动过。她每次取放木盒，都是双手捧着的，木盒是横放在柜子里的。其实木盒不重,一只手足矣抬起。可她每次取放木盒,都会想起去寺庙里上香,三炷香有那么重吗?但要双手握着,只有用上双手,心神合一,才能抵达精神上的纯粹。而现在,木盒是竖着放的,很显然,这是用一只手放进去的。

苏姗赶紧打开木盒,还好,围巾还在。她把家里细细检查了一遍,没有任何遭贼的迹象,定是宋连回来过。

苏姗忍不住笑出了声,宋连还是在意她的。宋连在不知道答案之前,他会猜想这柜子里藏的什么呢?情人的礼物?她大门不出二门不迈,哪来的情人?

宋连看见后又会怎么想她呢?

"化作风化作雨化作春走向你……化作烟化作泥化作云飘向你……"苏姗哼着这首歌,把围巾叠好放在宋连枕头上,她坐在宋连睡觉的位置,左看右看,看他们的合照,看他们露出八颗牙齿的标准笑容,看她比他矮半头,那半头是恰到好处的有安全感的半头。

一切都是静止的,而静止是有重量的,有重量的静止在一点点覆盖着苏姗的欢愉,苏姗怕这欢愉像快没油的灯一样熄掉,她必须做点什么。

她从床头柜上的烟盒里抽出一根烟,她点燃它,模仿宋连的姿势,倚靠在床背上,悠然地用食指和中指夹着烟。每次宋连在亲热之后吸烟的时候,眼睛都眯成一条缝,腾云驾雾似的。苏姗想了解宋连的一切感受,她深吸一口,烟味好闻,可她还是被呛得猛咳两声。

沉香烟的烟雾很浓,房间里没有风,烟雾像女人扭动的柔软的身子，升到一定的高度又渐渐散去。苏姗张开五指，托起围巾，在燃着的香烟上空转圈，圈圈越转越小，越转越小，最后缩成一个点，以保证围巾上布满烟雾的足迹，这轨迹多像她和宋连一路走来的踪迹：他追她的时候，她看不上他，他就在她的外围转圈，时间如宽大的手，她被越抓越紧，越抓越紧，最后她和他融为一体。

被烟熏的围巾弥漫着宋连的气息，苏姗靠着它，身体一阵战栗。

苏姗不知道什么时候睡着了，她惊醒的时候，赶紧看手机，夜里一点，手机上有宋连刚刚发的信息，两个字：好的。苏姗看完信息，满足地睡去了，她实在太困了。

四

苏姗被手机铃声吵醒的时候，已经是早上八点。赵莹莹打来电话，说，你还真的睡到现在啊？信息也不回，敲门也听不见，赶紧起床，九点公司开会。

苏姗看手机，赵莹莹是夜里一点半发的信息，说她也出差，刚到家，让苏姗第二天早上九点跟着她去公司开会。

苏姗现在已经是保险公司的正式员工了。会议内容大部分和培训时差不多，会议开始的宣誓声势浩大，大家都跟着经理宣读：在辉煌的征途接力忠诚，用卓越书写团队的丰功。以中国人保的名义为事业领航，携手博爱的精神把真情传送。以人为本，和谐奋进，中国人保，共和国保险的传承。以人为本，和谐共进，我们共同的光荣。苏姗被带动得热血沸腾。可这些都是理论知识，怎么去做呢？

会议结束，赵莹莹让苏姗晚上跟她去见一位客户，苏姗满口答应，恨不得白天马上过完，现在直接就是晚上。三天的培训，她学到的知识还没有拿出来操练操练呢。

这是一个初秋的夜晚，她们六点半出门的时候，街上的路灯全亮了，地上落叶片片，有些落叶随着风打几个圈圈儿就乖乖躺着了，有的落叶直接飞上了汽车的引擎盖。苏姗觉得自己就像这引擎盖上的落叶，充满野心。苏姗坐着赵莹莹的车，不仅野心十足，而且无限陶醉。赵莹莹车上的香水味太好闻了，是带有淡淡沉香味的香水。任何接近沉香的味道都会让苏姗内心有飞翔的感觉。

赵莹莹开着保时捷，一直在叮嘱苏姗要见机行事，如果自己的话被客户堵住了，接不下去时，苏姗要及时补一把。苏姗也不知道怎么去当这个"补丁"，但她不停地说好的，随便赵莹莹吩咐她什么，她都说好的。

她们的车停在了一家叫"吃吃香"的大排档门口，赵莹莹打电话给客户，那声音软得不能听。苏姗透过玻璃看到，很小的一个店面，里面就五六张小圆桌，店面虽小，客人却爆满。哪一桌是她们的客户呢？

赵莹莹拎着黑色香奈儿包包下车，苏姗也跟着下车。她觉得自己真的是个跟班的，从打扮到行头到气派，她确实差赵莹莹一大截。小店里吵吵的，赵莹莹走到一个胖男人跟前。男人约四十岁，除了胖，最抢眼的是手腕上戴着夸张的黑檀手串，黑色珠子簇拥着一只大大的黄金貔貅。这貔貅黑檀手串一下子就露了他的底，一个暴发户。

苏姗一直本能地抵抗这种男人。赵莹莹和她的客户已经缠上了，她拿着做好的保单，叫那男人勇哥，说勇哥白天忙，现在自己赶来这里请勇哥签个字。勇哥说签字算个什么事啊，看都没看，大笔一挥，就签上了自己的名字。

赵莹莹把保单放进包里，又无底线地吹捧勇哥的豪气、财气、运气，吹捧的时候还不忘提醒勇哥记得及时打保费。

勇哥倒上一杯白酒，说如果赵莹莹一口喝了这杯酒，现在就打钱。赵莹莹二话没说，端起酒杯，脖子一仰，杯底朝天，一杯下肚，立即捂嘴去了洗手间，苏姗紧跟了过去。

赵莹莹到了洗手间，食指往嘴里一塞，干呕两声，就真吐了起来。这对自己使狠劲儿的行为，让苏姗很愧疚，她没当好这个"补丁"。

她们从洗手间出来后，勇哥说钱已经打在赵莹莹的卡上。

她们从大排档出来，苏姗开车，赵莹莹指挥她开往另一个小区。苏姗问，不回家？你没事吧。

吐了就好了，今晚还有一单，客户约的时间，不要轻易改变。

赵莹莹掏出手机，往苏姗微信上打了一千块钱。赵莹莹说刚刚的保单佣金两千，一人一千。

苏姗不肯收。赵莹莹说，做保险都这样，两个人谈的就两个人分，再说了这是你第一次跑单，讨个好彩头。

苏姗暗叹这做保险来钱真快，这才多大会儿的工夫，两千块，还有一单，这一个晚上到底能赚多少票子啊？宋连，你等着我。

车子开到一栋别墅前停下了。苏姗佩服赵莹莹，什么样的人都能成为她的客户。

苏姗一进门，就被震住了，虽说她家也是红木家具，可人家这都是些什么摆设啊。一对唐三彩大马放在电视机柜的两边，背景墙上的油画，落款居然是吴冠中。苏姗当全职太太十年，可她毕竟是大学毕业。如果这两样东西不是赝品，那么苏姗家的全部家当都买不到这两样东西。

赵莹莹拿出带过来的礼物，保险公司的赠品，有拳头那么大的一尊镀金财神。

女主人十分热情，端茶倒水，貌似是赵莹莹的朋友。男主人走进客厅的时候，苏姗浑身一冷。

这个男人年龄不大，好像是三十岁，也好像是四十岁。他穿着黑色中山装，蓄着小胡子，个子不高，黑框眼镜也遮不住他鹰隼般的目光。

他一进客厅，女主人就把座位让给了他，她则和苏姗她们坐一起。女主人刚才已经说过了，只要让她家男人听懂，这保险就买。

照例，赵莹莹先把男人夸了一通。男人微笑着看她，一言不发。赵莹莹从他的头上夸到脚上，从五官夸到衣服，从气度夸到福气，夸得没法再夸了，男人也没有回应一个字。赵莹莹真的不知道说什么好了，好在男人还是比较有教养的，说了三个字：讲保险。

赵莹莹首先讲了理财险，怎么比银行划算，交二十年，基本是双倍返还。

男人问，这双倍的钱从哪里来的？

赵莹莹见男人终于接话了，信心足了些，声音带了些感情色彩，给别人拿去投资啊。

利率比银行高，难道这钱拿去放高利贷的？

这个问题似乎有点道理，赵莹莹思考着该怎么回答。

男人问，还有别的什么险种呢？

赵莹莹又讲起了意外险。

意外险交一点点钱，回报率翻上多少倍也算不清。一年交一百二十元，却可以得到五十万的保额。

这钱又从哪里来的呢？

这个问题似乎比上一个问题好回答多了，当然是没有出现意外的人更多。

那我给那些出现意外的人直接捐款得了。

赵莹莹话到嘴边，要是你出现意外呢？她及时咽下了这句话，这不是找死吗？

那我再给您讲讲教育险吧。

不要跟我谈教育，我儿子现在是八岁，二年级的年纪，他没有去过一天学校，我基本给他讲完三年级的教材了。

苏姗惊讶得差点发出了声音，赵莹莹也半天说不出话。她们这反应几乎是毁灭性的，十分精准地激怒了男人。

男人微微昂起头，嘴巴紧闭，眯起眼睛，无比厌恶地看了她们一眼，站起来回房间去了。

男人一起身，三个女人也立即起身，都向着他的背影行注目礼，男人"砰"的一声关上房门，三个女人身子都微微一颤，然后你看着我，我看着你。

赵莹莹先说话了，打扰了，我们该回去了。

女主人说，不好意思，他就这脾气。

回去的路上，赵莹莹安慰苏姗，不就是遇到了一个变态，这是常有的事，做保险就是要容天下一切不能容之事。

苏姗到家的时候，已经是夜里十一点多了。她想给宋连去个电话，告诉他这个喜忧参半的夜晚。苏姗想想，还是忍住了。

她又想起了儿子，这小子从来不主动联系她。她这几天冲锋陷阵在保险事业中，也没联系儿子。她给儿子发了条微信：小宝在干什么？上大二的小宝回了一条微信：游戏中。游戏中的儿子是不能被打扰的，这亏她吃过。

深夜，苏姗侧躺着，看着围巾上的宋连，她看着看着，出了声，宋连，好想你啊。你知道吗？那个男人最后的一眼，好像我是一坨屎。但我能退缩吗？这种变态毕竟是少数。今晚我挣了一千块，我会慢慢攒很多钱，你手里不方便的时候我可以帮到你。宋连，你此刻睡着了吗？你梦见过我吗？

无论她说什么，围巾上的宋连一直微笑着，一言不发。苏姗说着说着，忽然觉得浑身像爬满了小虫，难以名状的恐惧，这多像对着死者的照片说话啊。活着的人无论对墙上的照片说什么，照片上的人一直稳如泰山，他哪知这个世界的腥风血雨呢？

这个黑夜静得可怕，客厅里好像有什么响声。苏姗下床反锁了房门。灯光下的房间里，处处暗藏着闪烁不定的笑脸，你推我挤的，一个个盯着苏姗。苏姗睁大眼睛，呼吸急促，无由来的恐惧不断膨胀。她再也顾不得什么，给宋连打了电话。

电话响了几声终于接通了，苏姗还来不及开口，那边说话了：不许接！苏姗还没反应过来，那边电话又挂了。

苏姗的眼泪一下子就出来了，那真真切切的女声让她毫不犹豫地把电话再次拨过去。宋连很快就接电话了。

刚才是谁接的电话？苏姗问。

没有啊。

我分明听见女人的声音。

哦，我看电视呢。宋连说完，故意停下。苏姗果然听见了电视机里的声音，是功夫片，有刀枪的拼杀声。

早点睡吧，我也睡觉了。宋连说罢，挂了电话。

苏姗望着被挂断的手机，这手机像一个无能为力的老人，干枯在围巾旁。这种气息是可以传染的，一向鲜活温暖的围巾，此刻像被风干了，苏姗不敢去碰，仿佛它一捏就碎。

到底是不是电视机里的声音？苏姗也怀疑了，宋连那么好，天天那么累，怎么可能有这些乱七八糟的事情，就像客厅里的响声，肯定是自己神经过于紧张，就像上次，宋连都已经到家了，她也出现了幻觉，总听见敲门声。

苏姗没有关灯，闭上眼睛，给自己催眠，有意识地让自己整个身心不断地往下沉，往下沉，往下沉……沉到可以睡着的地方。

五

第二天中午的时候，苏姗接到赵莹莹的电话，晚上八点到湖山宾馆见客户。赵莹莹不在本市，晚上回来时间有点赶，她让苏姗自己去，她们宾馆门口会合。

时间是晚上，可以理解，因为客户白天要工作。可是地点怎么是宾馆啊？

赵莹莹说，客户是上帝，他们指向哪里，我们就奔向哪里。

整个白天，苏姗把昨晚的电话假设了好几种，每一种对宋连不利的假设，苏姗都能替宋连找到开脱的理由，她像是宋连的辩护律师，那么尽心尽责。接近黄昏的时候，宋连已经被苏姗在心里无罪释放。苏姗的心又秘密潜入另一个假设区，她偷偷地想：这样发展下去，一个月下来，赚的钱肯定过万，那么一年呢？苏姗像看见了自己自豪地往宋连手里塞了一张银行卡，一张金额可观的银行卡，宋连该有多难以置信啊。

苏姗吃过饭后时间还充足，她洗了澡，洗了头，还喷了香水，搞得跟约会似的。

晚上八点，苏姗准时到了宾馆门口，赵莹莹人没到，电话却到了，她让苏姗先去 506 房间稳住客户，她一会儿就到，说完就挂了电话，好像在急着赶路。稳住客户，这是多重要的工作，苏姗直奔 506 房间。

她轻轻敲了门，门很快就开了，这男人好像就在门后一直等着。

男人关上门后，请苏姗在沙发上坐着，然后给她倒了一杯水。苏姗看着这男人，她有点心慌地说赵莹莹马上就到。这男人长得太不可思议了，简直比靳东还帅。苏姗是靳东的粉丝，她几乎看完了靳东主演的所有电视剧。男人笑着看她，说不急。

男人那笃定的笑容让苏姗觉得自己被看穿了，她有点渴，喝了一口水，还渴，又喝了一口，等喝了半杯的时候，苏姗又无端地很困，很困。

六

她是被赵莹莹摇醒的。

赵莹莹问，你怎么睡着了，人呢？

苏姗哪里知道怎么回事，她赶紧看看自己，好好的，再看包包，什么都没有丢，就丢了一个大活人，还是个大男人。

我怎么会好端端地睡着了？苏姗回过神来说，遇到坏人了，要不要报警？

报什么警，你人没丢，东西没丢，报他丢了？他是你什么人？

可我怎么会睡着了呢？一定是他在茶杯里放了什么。苏姗一看，茶杯被洗得干干净净倒扣在茶盘里，很显然，这是个阴谋。可对方到底谋的是什么呢？

等苏姗到家后，她终于知道自己今晚经历了一场什么。宋连发来了照片，她和那个男人拥抱的照片，那个好看的男人把头深深地埋在她胸前，洁白的床单上，两个穿着黑色衣服的身体紧紧贴在一起，侧卧在床上。照片是从男人后面拍的，应该能看见他的后脑勺，可他后脑勺由苏姗的一只手抚着，而苏姗露出的是闭着眼睛的脸。

可宋连会相信她那时是睡着的吗？为什么人们睡着了和陶醉的时候都是闭着眼睛的？谁会想到这一巧合会让一个人坠入万劫

不复的深渊？苏姗恨不得长一只可以伸进手机的手，把那张照片揪出来撕了。她赶紧打电话给宋连，电话只响半声就被挂了，可见宋连是多么恨她啊。她边哭边打电话，双手颤抖。她给宋连发去一条信息，请求给她一个解释的机会。

苏姗在屋子里号啕大哭，像一头困兽转来转去。她想到了赵莹莹，这罪恶的根源，要不是她那该死的客户，怎么会有这样的后果。只有她可以为自己做证，是那不要脸的男人害了自己。

苏姗立即去敲赵莹莹的门，任她的手怎么像锤子一样"咚咚咚"地敲，赵莹莹就是不开门。苏姗又回到屋里，拿来手机，站在赵莹莹门口打电话，屋子里传出了手机的铃声。

莹莹，赵莹莹，你给我出来。半夜三更，这带着哭的叫声有点惨烈，赵莹莹还是不开门。

苏姗捶门哭叫，终于像耗尽了所有元气，软软地跪在了赵莹莹家门口，莹莹，求你了，只有你能救我。

这情形鬼见了都会心软，但赵莹莹能心软吗？苏姗第一次敲门的时候，赵莹莹就站在门后，用背抵着门，像苏姗随时会冲进来一样。赵莹莹像专业侦探一样，目光抚遍所有事物，随即她迅速倒掉了烟灰缸里宋连刚刚抽完的七根烟头，说是烟头，也不准确，有几根香烟宋连只抽了一两口，就将其摁在烟灰缸里。烟头倒掉了，可屋子里的沉香烟味哪里藏呢？这烟味像无数个小调皮鬼满屋子乱跑，赵莹莹心烦意乱。

苏姗跪在门口，号叫，捶门。夜静得只剩呼呼的风声，赵莹莹是铁了心不帮她了，这落井下石的女人！

苏姗回家又打电话给儿子，她让儿子给宋连打个电话，就说她有急事找，让宋连回她电话。

儿子不满地说，老妈，你烦死人了，你自己的老公，自己找去，我要睡觉。说完，儿子挂了电话。

她还能找谁帮呢？谁还能救她呢？她只有去公司找宋连。

深夜两点，苏姗跌跌撞撞从宋连的公司回到家。宋连像去了外星球，他离她好远啊，哪里都找不到他的气息。

苏姗捧着那条围巾，大滴的泪落在宋连的笑脸上，他就那样笑着看着她哭，不管她的来路，也不管她的去处。

苏姗跟着他笑，她把围巾上他的脸靠近自己的脖子，他是亲吻着她的脖子，还是想咬断她的喉咙？她将围巾缠绕了脖子一圈，左右手拉着围巾向反方向奔跑，她的心脏又难受了，像要跳出来，随围巾私奔去。

这时，她看见窗外一只蝙蝠在使劲地拍打着玻璃。

储蓄罐

1

阿飞不是第一次来小米镇,但这次来跟以往不同。以往他来镇上,目光随意落在一排排玩具上,像一阵风,一下就飘过去了,他知道,那些跟他没什么关系。阿飞是一个懂事的孩子,家里连楼房都没有盖上,他是不会开口要玩具的,但今天是他十岁生日,从家里出发时父亲说了,阿飞可以挑一件生日礼物。拥有生日礼物,这在他的前九个生日里,还从来没有过。他以前的生日,最好的待遇也就红烧肉吃到打嗝为止。

阿飞来到玩具区,目光是郑重其事的,时不时像模像样地拿起一个玩具左看看右看看,又放下。卖家一连串的讨好声,并不会影响他对玩具的判断,他必须挑一件让自己怦然心动的玩具,十年了,才等来这一次,他可不能随便找样东西打发了十岁的生日。

最后,阿飞在一只陶瓷招财猫前站定,所有小动物里,阿飞最喜欢猫。这只招财猫比阿飞的脑袋还要大，金光闪闪的。阿飞见过各种各样的猫，家里的猫是灰色的。至于村里的猫，他都仔细观察过，数阿庆家那只白色的猫最漂亮，可阿飞就是没见过这么闪这么萌的猫，那颜色特别像他语文老师手链的颜色。语文老师是城里人，她像这一大堆玩具一样，每一处都招人喜欢，她描得黑黑的柳叶眉，她嘟嘟的红嘴唇，她仙女一样的连衣裙……阿飞则喜欢她的金手链。看着那条金手链，阿飞想这条金手链的价格，够自己家吃几年的红烧肉呢？

阿飞家有点穷，这穷因为母亲。村里每家每户的男人都出去赚钱了，可母亲就是不准父亲出去打工。阿飞没有玩具，没有零食，他七八岁时就问过母亲，为什么父亲不出去赚钱。母亲告诉阿飞："妈妈出嫁时你外婆说过，让妈妈看紧你父亲，稍一松手，他会像鸟一样飞走，会不要我们娘俩的。"阿飞听后，心里很忧伤，他不想父亲飞走，又想和别的同学一样，有玩具，有零花钱。同学们课后谈论储蓄罐里的零花钱快装不下时，阿飞就默默地走开。他没有零花钱，更没有储蓄罐。

阿飞站定在招财猫储蓄罐前，他呼吸急促，不敢想象，如果他有这样一只储蓄罐，哪怕没有零花钱放进去，他都会天天抱着它睡觉，就像抱着家里的那只灰猫一样。对了，招财猫和家里的灰猫一边一个，像他的贴身侍卫。阿飞没有用手去摸，他只认真看着它，招财猫一直笑眯眯的，眼睛嘴巴都笑成线，惹得阿飞也跟着笑了。

父亲拿起招财猫储蓄罐，三两句就跟店主讲好了价钱。阿飞从没见父亲这么酷过。父亲把储蓄罐拿给阿飞时，问："开不开心?"

阿飞把储蓄罐捧在胸前,发出了像招财猫脖子上那个铃铛发出的脆生生的笑声。

父亲说:"小飞,你十岁了,长大了,要懂事,要听妈妈的话。"

阿飞使劲地点了点头。

阿飞的家只有三间小平房,坐落在梁村的最西边,村里很少有人从他家门前经过,从村委会办公室往他家去,路越来越窄,灰尘越来越多。他家门前不是交通要道,除了迫不得已,没有人会从他家门前路过。只有鸟,鸟不知道路的宽窄,他家那里的鸟比别处多,因为他家西边有一大片竹林,很多鸟就在这片竹林落脚。他家朝西的窗户前常常有一身影,那是母亲。有时母亲说胡话,说"梁东就藏在那片竹林里"。父亲当然不在竹林,严格意义上说,他是从竹林逃走的。

父亲走的那天是阿飞十岁生日的第二天,阿飞放学回家,老远就看见他家门前围着一堆人。那时的他,没有意识到家里出了什么状况,跟几个小伙伴一起,欢快地跑到人堆里看热闹。阿飞穿过人群往里钻,大人们低头看见是他,主动让道。阿飞就看见了刻在他心里的那一幕,父亲和母亲两人在争一只小箱子,他们两人四只手都死死抓住箱子,谁也不肯放手。大人们说:"小飞回来了,小飞回来了。"

父亲听见这话,就松开了手,走到阿飞跟前,蹲下,把阿飞紧紧搂在怀里。父亲说:"爸爸也舍不得小飞,可爸爸要出去挣钱,给小飞买很多玩具。"阿飞看着满脸泪水的母亲,说:"小飞不要玩具,爸爸不要走。"

阿飞说着就飞奔进屋,捧出那只金光闪闪的招财猫,要还给父亲。父母还是在拉扯着那只宝贝似的小箱子。母亲说:"你还有没有点良心!"

母亲刚说完这话,父亲的良心就没了,他看看捧着储蓄罐的阿飞,扭头把母亲猛地一推,拎起那只小箱子,粗鲁地拨开人群,冲出去,转眼间就进了竹林。竹林哗啦哗啦地响,像有什么不知名的野兽出没,发出让人恐惧的声音。

父亲的离家出走直接影响到阿飞后来的生活。刚开始的时候,母亲虽说是每天眼泪不断,但她把阿飞照顾得好好的。她干得最疯狂的一件事,就是把父亲给娘俩留下的生活费全部花了,买了一部手机。母亲有点自相矛盾。那时手机没有普及,父亲是村子里第一个买手机的,买了手机回来,就遭到母亲的责备,说父亲还嫌长得不够惹眼吗?再买一部手机,到底存的什么心?父亲是梁村第一美男子,母亲却长得不怎样,不过她的陪嫁是这三间小平房,不知道父亲是不是冲这个跟母亲结的婚。现在母亲倾家荡产,买了一部手机,就为了每晚和父亲通电话,每次通电话都少不了一句话:你回来吧。母亲把所有的心思都花在想父亲这件事上,有时甚至忘记给阿飞煮饭,阿飞就学会了做家务。有时母亲洗完的衣服忘记晾晒,有时菜里忘记放盐。阿飞放学回家,就抢着做事。他懂母亲的苦,他每晚做完作业后,母亲就陪他睡觉。可他每次装睡着后,母亲就悄悄起床,她打打电话,又叹息着放下手机,然后站在西窗前,一站就站到阿飞熬不住了睡着为止。

2

阿飞上小学三年级了,个子比班上一般同学矮半头,坐在教室最前面一排,这并不是什么好事。阿飞经常上课打瞌睡,每次要打瞌睡时,都用尽全力撑开眼皮子,可睁眼这事像是比擀面还要费劲。阿飞在家里对着镜子试过,到底打瞌睡时眼睛要睁多大,老师才不会觉察,可他对着镜子试的时候,又没瞌睡,睁眼又不是什么困难的事。课上他的眼睛像被施咒一样睁不开,这个时候老师就会随手一课本朝阿飞头上扇过来,有时老师离阿飞稍远些,就掷一粉笔头过来。

班上同学更是喜欢拿阿飞寻开心,叫他什么绰号的都有,"瞌睡虫""黑皮""野种",有些绰号其实很不贴切,比如"野种",阿飞很不服气。他不是野种,他是有父亲的,父亲只是出去挣大钱了。

阿飞没有朋友,只有家里一只土猫小灰等在阿飞放学的路上,它陪阿飞看云朵,看野花。阿飞羡慕云朵、野花的自由,甚至羡慕小灰。他喜欢放学后的这段时间,没有老师和母亲的管束,他跟云朵一样自由。放晚学时,太阳好好地挂在天空,他从不直接回家,而是去河边,阳光一圈一圈的,打着漩儿,在水面上跳跃。他蹲在河边,看见小鱼游过来,伸手去捉。当然,这只是妄想,他没有捉到过。小灰圆溜溜的眼睛盯上小鱼,偶尔也犯浑，一头栽进去，又狼狈地退上岸，甩甩水，阿飞此时会笑得前仰后合。他还喜欢折一根枯树枝，在河边画画。阿飞的画其实画得很好，只是老师没发现。课程表上也是有美术课的，但这门课程的时间总是被老师拿来上语文或数学，偶尔老师也会上一堂美术课，这所谓的美术课就是老师和学生都自由。老师坐在教室前面批作业，学生自由画一堂课，至于画什么、怎么画、画得怎么样，老师一概不管。

　　阿飞知道自己画的画好看。他不开心的时候，就偷偷画画。前一日晚上，他画了母亲站在窗前看竹林；再前一日晚上，他画的自己，抱着头蹲在地上，周围的同学都扔来稀奇古怪的绰号，画面上十来个绰号不重样。阿飞每画完一张就藏起来，要不然会被母亲撕得粉碎。母亲不允许阿飞画画，母亲说当初就是因为父亲给她画了一张肖像，母亲就爱上了他。现在她为这爱吃尽了苦头。她看见别人画画就头疼。阿飞被母亲警告后，就再也不当着母亲的面画画，他把画藏哪里了，是一个谜。无影无踪，连小灰都不知道阿飞把画藏在哪里。

　　阿飞在学校，老师和同学们挤压着他，他心里憋着；回到家，母亲有时也对阿飞凶巴巴的。母亲说是阿飞拖累了她，如果不是阿飞，她可以一死了之。每次母亲这样一骂，阿飞就埋头拼命做家务，三年级的他就会擀面。擀面的时候，他站在小板凳上，桌子太高了，他使不上劲。最麻烦的是和面跟切面，和面要水跟面粉的比例适中；切面的时候，面条会粗细不一。母亲有时吃着吃着会骂阿飞，有时吃着吃着就会搂着阿飞哭。

　　班主任家访的那一天，母亲正站在朝西的窗户前，嘴里念叨着："你那个吃屎的父亲，从这竹林出去，会去哪里呢？"阿飞在厨房洗碗。班主任进门后，看见这一幕，惊愕地睁大眼睛，竟什么话都说不出来。倒是母亲看见老师，完全变成了另一个人似的，对老师客客气气的，问："是不是我们家小飞在学校犯了什么错？"班主任赶紧说："不是，不是，小飞是一个好孩子。"

自这次家访后，老师对阿飞特别好，课后经常给阿飞补课。因为老师的喜欢，期中考试，阿飞已经考到了全班的平均分，特别是数学，考到了 90 分。这是父亲离家出走后，阿飞心里透进的第一缕阳光。放学的路上，阿飞告诉小灰，他考到了 90 分，小灰围着阿飞转圈圈。阿飞也想把成绩单给母亲看，到家后，看见母亲还是那样没有一丝人气地站在西窗边，他把成绩单放进了书包。

在父亲离家出走的半年后，家里出现了常客吴叔叔。吴叔叔来阿飞家，手里总喜欢拎些吃的。开始的时候，母亲把吴叔叔拎来的东西扔出去，有时母亲会对吴叔叔吼一声或瞪一眼。吴叔叔"嘿嘿"笑一声，然后就干坐着。后来，阿飞发现，只要吴叔叔来，母亲心情似乎会好一些，可阿飞不知道为什么，他不喜欢这位吴叔叔，他讨厌吴叔叔站在母亲身旁陪母亲一起看竹林。阿飞想：万一父亲真的会从那竹林出现的话，看见母亲旁边有一个男人，父亲肯定会扭头就走。阿飞虽然恨父亲，可是父亲任何时候回来阿飞都是不反对的。

不知从什么时候起，母亲不再病恹恹地只站在西窗口怨恨或流泪了，以前那个疼阿飞的母亲似乎又回来了。

3

这种好日子并没有维持多久。一天放学回家,阿飞家门虚掩着,并不见母亲忙碌的身影,他听到她房间里有奇怪的声音,母亲像是被捏着嗓子说:"放开我,放开我。"阿飞轻轻将门推开,看见母亲在吴叔叔的身下反抗。阿飞双手抓起一张小板凳就朝吴叔叔的头砸去,只听见吴叔叔"哎呀"一声,并用手去捂头。阿飞看见了鲜血,没敢砸第二下。母亲推开了吴叔叔,阿飞看见了母亲的乳房及惊恐的眼神。

吴叔叔咬牙切齿地看了阿飞一眼,捂着头走了。母亲跟到门口,收回了欲跨出门槛的脚,她怨怒地看着阿飞,阿飞并没有回避她的目光,阿飞认为自己没有错,并勇敢地迎上去,准备接母亲扬起的手。母亲在阿飞坚定的目光中放下了手。

后来,街上的一些话传到了阿飞耳朵里,说母亲不要脸,想必母亲也听到了这些。阿飞难过极了,每天放学后都主动做家务,可母亲从不让他做任何事,也很少跟阿飞说话。

真正让阿飞知道自己错了的,是后来发生的一件难以启齿的事。母亲被吴叔叔的老婆及几个帮手在家门口场地上给打了,她们把母亲剥得只剩一条短裤。阿飞放学到家,几个女人看见阿飞,互相交流了一下眼神,扔下母亲,扬长而去,看热闹的村民也悻悻散去。

母亲每天躲在家里,外面一有风吹草动,她就侧耳细听,并用食指抵住嘴唇,示意阿飞不要说话。但这些并没有击垮母亲,她常常对阿飞说:"小飞,咱们不怕,妈妈没有做坏事。"

这事发生后的一个星期,父亲的手机就打不通了,这简直要了母亲的命,她丢了魂一样,每天捧着手机,听到手机响,她的身子都会一颤,逢电话必接,就连广告电话也不错过。但之后父亲一直没来过电话。父亲的突然失联,母亲心里是有点数的,可是她越有数越发慌。母亲的脾气越来越暴躁,打得阿飞鬼一样号叫是常有的事。有时打了阿飞后,母亲就坐在竹林里哭,哭完回家,把家里父亲仅剩的几件衣服扔到门外。最严重的一次,就是要扔了阿飞的招财猫储蓄罐,阿飞用身子护着储蓄罐,任母亲的巴掌雨点一样落在身上。这次储蓄罐的遭遇,让阿飞提高了警惕,从此母亲就没见过储蓄罐。

确认母亲的疯,是母亲用手机逗小灰。她让小灰叼起手机,然后赶着小灰满屋子跑。小灰跳上桌子,把手机甩到地上,手机在地上跳上几跳,小灰把它当老鼠一样耍,还用它的小尖牙使劲咬。阿飞抢下手机,用毛巾擦。母亲一把夺过去,放进了水盆里。手机就这样报废了。母亲看见阿飞手忙脚乱捞手机,在一旁哈哈大笑。

从那时起,阿飞忽然长大了。

母亲的疯病时好时差。好的时候,她对阿飞甚至是愧疚的,阿飞写作业的时候,她给他倒茶。阿飞有时作业多,做到很晚时,她会下一碗面条。她发病的时候,阿飞和小灰又成了她发泄的对象。

一天夜里,阿飞睡得正香,母亲忽然犯病了,她悄悄起身,一下子掐住阿飞的脖子。阿飞脸涨得通红,在一声声出不来的叫喊中，泪水汩汩流下。他真的会这样死于母亲之手吗？这时小灰蹿出来，嗖地一下跳到母亲身上，用锋利的爪子在她脸上抓了三条血印子。母亲这才松手，又去追小灰。

此后，阿飞再也不敢跟母亲睡了，他去了另一个房间。睡觉前，他把家里所有的门都锁得好好的。

阿飞夜里睡不好觉，总是从噩梦中醒来，每次醒来，他总要轻轻走到母亲房门前，用耳朵贴着房门听上一小会儿，若房内没什么声音，他就继续睡觉。倘若母亲房间动静较大，他就紧紧抓住她门上的锁，生怕她会逃出来似的。他常常陷入绝望，不知道这种日子何时是个头。最快应该是等他工作了，有能力赚钱为母亲治病。他确信父亲不会回来了。阿飞猜测得最多的就是父亲已经死了。

竹林一季一季地完成它的枯荣更迭，父亲临走时，那些还是小竹笋的都长粗了，开始时，阿飞也希望奇迹出现，每天总时不时往竹林瞟上几眼，可在一次次的失望之后，现在不管竹林里发生什么，比如春天有人挖竹笋啦，冬天有人砍竹子啦，阿飞都不敢往竹林看，因为每一眼都是空的，那个疼他的父亲再也不会出现了。

4

自母亲疯后，阿飞每天放学，再也不看云朵野花野草了，总是小跑着回家。回家的路上，阿飞想的都是煮点什么母亲爱吃的饭菜。前两天母亲胃口一直不好，他今天要想点法子。这个问题在他脑子里盘来盘去，他不知道为什么会心烦气躁，一直到了家门口，他还没有想出什么好主意。

屋子里静悄悄的，夕阳透过窗户，照在方桌上、地面上、墙壁上，母亲的房门敞开着，阿飞有一种不祥的预感。母亲耳朵好得很，以前只要他一进门，哪怕在房间，她都会出来，像个憋坏了的孩子，要么朝阿飞笑，要么朝阿飞发火，今天太不寻常了。阿飞把书包往地上一扔，就朝母亲房间跑去。

房间里没有人，小灰躺在地上，它的脖子上套着绳子，绳子的另一头系在床腿上。阿飞把小灰抱在怀里替它解绳子，小灰慢慢睁开眼睛，有气无力地低叫了一声，又闭上了眼睛，很显然，它的力气都被之前的挣扎用完了。

阿飞匆匆把小灰安顿到它的窝里，就开始找母亲，并大声喊："妈妈！妈妈……"他的喊声里带着哭腔。

屋子里找遍了，阿飞甚至趴在地上，看母亲是不是躲在床底下。

太阳落下去了，深秋的风有些寒意，风卷起黄叶在空中翻飞，无数好看的云朵在天上铺开。阿飞哭喊着在家门口场地上转来转去，他已经乱了心神。其实只要他冷静下来，就应该知道，母亲十有八九在竹林里。终于，阿飞向竹林走去，竹林里密不透风，光线瞬间暗了下去。阿飞一边哭一边喊着母亲，可是除了脚下踩着竹叶的沙沙声，还有竹林上空风吹过的呼啸声，没有其他声音回应他。他身子发虚，越走越踉跄，他走走停停，停停走走，扶着这根竹子哭一会儿，走几步，又扶着那根竹子哭一会儿。最后，他蹲在一根竹子下哭起来。

天完全黑下来了，竹林里更黑了。风歇了。四周安静得出奇，黑暗中的安静令人窒息。突然，这浓稠的安静中传来了如耳语般的歌声。阿飞猛地站起来，头一阵晕眩，他扶着一根竹子静静站了一会儿，在黑暗中努力地睁大眼睛，可是眼前除了黑暗还是黑暗。他轻手轻脚地循着歌声而去，似乎歌声是蝴蝶，怕惊飞它。

他向母亲靠近，靠近，再靠近。当他伸向前方的手摸到母亲的时候，他一把抱住了她，然后放声痛哭。

黑暗中的母亲停止了唱歌。许久许久，母亲也跟着哭了起来。

母子俩互相搀扶着在黑暗中前行，到家后，母亲像一个做错事的孩子，一言不发，并往锅里放水，准备煮饭。

阿飞去东房间写作业，有点虚脱的感觉，他握笔的手有点发软，浑身的力气像被抽空了。窗外月光满地，树影晃动。父亲还活着吗？

母亲很快煮好了饭，她喊阿飞吃饭。等阿飞坐到饭桌前，母亲仍呆坐着，不动筷子，阿飞的心提到嗓子眼儿，母亲又要犯病了？屋子里空气几乎凝固了。阿飞进出的都是半口气，那么轻，那么轻。半晌，母亲说："小飞，以后你去上学的时候，把小灰放在门外，把我锁在家里吧。"阿飞听着，一滴眼泪落在饭碗里。

5

阿飞的左眼皮跳了一个星期，这眼皮跳要惹祸，阿飞也并不是很在意，于他而言，麻烦从来就没有间断过。

睡觉前，阿飞又铺开一张白纸，他今晚准备画一个梦，以前画的都是他痛苦的生活。连续三天，他做了同一个梦，梦见他变成了城里人，他的同桌是一个洋娃娃般的女同学。梦中，他把招财猫储蓄罐送给同桌，就在他递过去的时候，窗外乌云密布，教室里黑下来，只有他的招财猫闪着金光，惊呆了全班同学。他突然心里很疼，舍不得这只招财猫。梦醒了。他庆幸这只是一个梦。

阿飞要画下这个梦，画出招财猫在黑暗中发出的金光。他拿出彩笔，平时在家只画黑白画，因为彩笔要省着用。画画之前，阿飞趴在地上，从床底下拿出用报纸包着的储蓄罐。他展开报纸，看着储蓄罐。他手很少用手抚摸，担心一旦摸多了，储蓄罐会变得不再闪亮。

小灰跳上桌子，围着招财猫转圈，阿飞见它瞪圆眼睛，准备朝招财猫一跃，便将它赶下了桌子。他久久盯着储蓄罐，思绪又飞向了父亲。父亲送他这只储蓄罐，就离他而去。阿飞是不会原谅他的。

听到敲门声时，阿飞正在给画涂颜色。外面的风声很大，刮得树叶哗哗地响。敲门声每三声停一下，且一次次加重。在敲到第五遍的时候，阿飞准备起身去开门。这时，他听见了母亲拖沓的脚步声，他像一阵风一样，赶紧去了堂屋，抢在母亲前面抓住了门闩。他让母亲退后，母亲很听话地慢慢往后退。又向母亲摇摇手，让她不要说话。

敲门声还在继续，力道在加重，声音很响，在这个黑咕隆咚的夜晚，听起来有点瘆人。

"谁呀？"阿飞的小身板抵着门，声音颤颤的。

"是我，小飞，是爸爸。"门外一个男人回答。

阿飞一时回不过神来，他还来不及弄清楚门外到底是不是爸爸，听到"爸爸"这个词，眼睛先湿润了。他看着母亲，母亲一脸茫然。

敲门声连续不停地响。"小飞，是爸爸啊，快开门，你连爸爸声音都听不出来了吗？"

阿飞听出来了，他猛地打开门。门外的男人西装革履，还有一个大行李箱。阿飞赶紧关门，他觉得受骗了，这哪是爸爸啊？

门没关上，西装男人挤了进来。他捧起阿飞的脸，让阿飞好好看看自己。

阿飞的视线被泪水模糊了。母亲忽然从后面蹿上来，抓住父亲的手就咬。父亲疼得直甩手，他惊愕地看着女人，女人又冲上来，准备抓父亲的脸，阿飞赶紧拉开母亲。母亲耍赖一样躺在地上哭。

父亲明白，女人这是疯了。他把她扶起来，女人很乖巧地起来了，一屁股坐在椅子上，看着父亲笑。

父亲对阿飞说："小飞，爸爸这几年去国外打工了，赚了钱。我带你去城里上学，好不好？"

阿飞说："爸爸赚的钱多不多，够妈妈治病吗？"

父亲不说话了，他看着一旁在椅子上抠脚丫的女人，再看看瘦得猴一样的儿子。他鼻子发酸，弯下腰，从行李箱里把玩具和吃的一件件往外拿。阿飞站着不动，他找不到几年前跟父亲去集市上看见招财猫储蓄罐的感觉。他还是生父亲的气，他去房间拿来了招财猫储蓄罐，就因为他对这个招财猫的贪心，父亲才消失三年，就如三年前一样，他要把招财猫还给父亲。父亲站起身，看见储蓄罐，他眼里的光跟阿飞初见储蓄罐是一样的。

储蓄罐冷不防被一双从阿飞身后伸来的手一把夺了过去，眨眼工夫，储蓄罐粉身碎骨。母亲摔碎了储蓄罐后，又是拍手又是转圈，当然还有狂笑。

一地碎片，黄的白的红的，颜色杂乱无章。一堆纸飞机混杂在这破碎的瓷片中，显得格外醒目。

阿飞将纸飞机捡起，递给了父亲。父亲不解。阿飞拆开一个纸飞机，上面画的是一片竹林，父亲的身影隐在其中。

父亲也跟着拆，一幅幅画拼凑起来，就是母子俩这几年的生活。父亲拆着拆着，动作越来越慢，越来越慢。

月圆之夜

这两年，有那么几次，月亮圆得让余小小的时光一下子倒退了十年。天空静谧得像一张硕大而温柔的网，余小小的心很快飞到天上去了，在云端里沿着那根记忆的线，进入她和阿西毕业后的第一年。那一年，在任何时候任何地方都不能准确地复盘，只有在月圆之夜，最好在空旷的马路上，余小小的心飞升上天，那感觉才能无误。

现在是晚上十点多，余小小站在通城河桥上，面对河水，桥上来往行人稀少。冬天晚间的十点多，任月亮再大再圆，像余小小这样在外面逗留的人都是少数。现在余小小的心飞不到月亮上，她的心很沉，沉到河水里去。月亮在荡漾着的河水里呈不规则的曲线圆，她觉得她的生活就像这水里的月亮，失去了本来的样子。余小小抬头看看天空，一轮带着瓷质的月亮清冷地悬在那里。她的热泪一下子冒出来，脑子里的画面冲淡了眼前的实景，大良流着口水侧躺在沙发上打呼噜的情景，像河岸边风中的柳枝，在她眼前荡来荡去。

结婚才三年。是的。余小小的再婚是经过深思熟虑的。再婚的第一年，余小小的嘴角有事没事都是上扬的，这事不是她自己发现的，是有一次她躺在美容院的床上，美容师替她按摩时说，姐姐多幸福啊，姐姐嘴角一直上扬着呢。美容师这么一说，余小小赶紧体会了一下嘴角，自己真的在微笑呢。这个不用深究，她知道，是大良，大良从早到晚，用幸福把她塞得满满的。

　　那么这后两年呢？大良的应酬多得像天上的星星，数不过来，连续一个月不在家吃晚饭也是常事。当然客观地讲，大良是乐意带余小小出去应酬的，但余小小不喜欢在外面吃饭，因此他们在一起共进晚餐的机会很少很少，就连他们的保留节目——一周一次的看电影也泡汤了。喝酒或打牌用去了他所有的夜晚，他们所有的夜晚。大良喝醉了回来的一个固定动作，就是躺在沙发打呼噜。打牌回家基本是午夜以后，冲澡上床睡觉，不超过五分钟，大良的呼噜声像老鼠似的满房间乱窜，搞得余小小第二天变成熊猫眼，好像熬夜打牌的是她。虽然第二天早晨醒来，他不急着起床，会躺着陪她聊一会儿，可他早晨掏心掏肺的聊天，她并不满意，他的手机像一个捣乱的孩子，总是响个不停，公司里一大堆的事等他处理。她就催他起床工作去。大良说，你生气了。她说，不生气。其实她心里在说，如果你晚上回家陪我吃吃饭说说话，我才不生气呢。这婚姻像一朵营养不良的花，还没有好好绽放，就有了凋谢的迹象。

　　桥上的风急得很，一个劲地往余小小衣领里、羊绒裙摆里钻。冬天的夜晚，寒意愈发变重。收起眼泪的余小小裹紧大衣，像一只孤独的大鸟，在深夜无巢可归。她站在空荡的桥上，望着深不可测的河水，竟有了恍惚感，生命轻得像一根草，随时可以顺风飘到河水里去。

结婚才三年，大良就忘记她的生日了。照这样计算下去，大约是多少年，大良会翻脸不认她了呢？就像居思同一样。

居思同是余小小的前夫，当地小有名气的书法家，小有名气后就北漂了，漂着漂着就不见人影了，然后，他们就离婚了。

余小小在寒风中打战。这糟心的日子。丢掉一个居思同，找一个大良，又能改变什么呢？她受不了整晚泡在酒罐子里的大良，已经忍他好久了，她总想有所行动，可她到底要什么呢？把大良变成什么样呢？变成一个每天在家陪老婆的男人吗？

余小小决定去找阿西。每当她被生活压得喘不过气的时候，她就会想到阿西，阿西是她见过的最智慧的女人。余小小生活得最为率性的似乎只有那一年，跟阿西混的那一年。阿西和余小小只做了一年同事，一年后阿西就跳槽了。阿西离开单位的那天，余小小哭了一夜，她不知道没有了阿西，她的生活该怎么继续精彩。阿西总是能想到稀奇古怪的事，都是些没有意义的，可余小小就是喜欢。她们最无聊的节目，就是坐着对看，看谁先眨眼睛，或看谁先流泪。有时等不到下班，余小小就忍不住问阿西晚上的节目。那一年，其实什么事都没有做，甚至惹是生非，除了不停地挥霍青春，她真不知道还有什么。

阿西住在通城河南边的一个老小区。余小小以前也住在这个小区。她对阿西家熟悉得像自己家一样。现在，桥上的余小小知道,她来通城桥不是为了看风景,一定是想找阿西,她已经有三年没见阿西了。阿西当年不同意余小小跟大良结婚,阿西认为大良不是她们这个世界的人,余小小一定受不了他的。这是阿西给余小小第二次婚姻的定论。现在看来,阿西是一个多么有远见的女子。余小小当年没有听取阿西的意见,再婚后又搬去了新家,就没好意思再找阿西。当然,阿西也没有找过余小小。

余小小去阿西家的路上,走得很慢很慢,走走停停,掐一掐路边黄杨多肉的叶,再抬头看看天上的月亮。十点多的冬夜,余小小把它消遣成一个凉爽的夏夜。她倒不是担心,再见到阿西时,阿西会奚落她。她太了解阿西了,就算她们三十年没见,只要她去找阿西,阿西都不会晾着她的。余小小在等,等手机响。她从口袋里掏出手机,看了又看,手机不是振动模式,是铃声,音量也调到最大,可手机就是没有动静。大良如果现在来电话,给她说几句好话,估计她就回去了。大良应酬也是为生意,为这个家。他没时间陪她,说几句好话也行啊,可他就是连一句"生日快乐"都没有。结婚的第一年他哪是这样啊,他是守着前一天的午夜,等十二点整的时候,拿出生日礼物,并唱着"祝你生日快乐"。虽然他五音不全,可余小小觉得这首歌是世上最好听的歌。当时的她幸福得要飞,谁说生意人不浪漫的?她记得她当时还想到了阿西。如果阿西看见了,她还会说生意人都又俗又粗野吗?

可这次就不一样了,昨天他出差,到今天晚上才回,电话报了平安,就应酬去了,最后醉醺醺地由司机送回家,司机直接把他送到家里客厅的沙发上。

余小小一边走一边等，每走一步，失望如夜间的寒露，渐渐加重。月亮洒着清辉，给万物笼上一层薄纱，此时路上不见行人，只有一条流浪狗在不远处跟着余小小走走停停，一直走到阿西家门口，大良都没有找她。她站在阿西家门口有些哽咽，待心情平静下来，她才按响了门铃。

门是阿西开的。阿西看见余小小，没有意外，像她们早就约好的，笑着一把拉她进了门。

余小小一进门，不觉整个身子收了收。客厅里放着沙发和茶几，茶几的右前方靠墙放着一张方桌，三样家具占据了大半个客厅。客厅的左边有两个房间，右边是厨房和卫生间。

怎么了？当上阔太太，就不习惯我这小鸟窝了？阿西压低声音开了一句玩笑，然后用手指了指房间，儿子睡着了。

余小小回过神来。阿西家一直是这个样子，自己不过是再婚后住了大房子，以前自己也住这个小区的。从前的一切都被她丢光了？为什么还记着那轮圆月亮呢？

哪有，知道你是夜猫，就找你来了，每晚还看哲学书吗？余小小问。她们毕业后的那一年，除了疯玩，也偶尔学习。余小小喜欢诗，阿西则喜欢哲学。

我不是夜猫，你也随时可以来找我。阿西说着点开了电脑，不看了，哲学喂不饱肚子，现在每天看的是这个。电脑屏幕上是某公司的月报表。

我除了上班外，要给几家公司代账，挣点外快。

你这么辛苦干什么？

你这资本家不知道我们老百姓的苦。阿西打趣地说，但一想到这是为儿子的择校费苦的，我就干得带劲。

余小小还不能完全体会，为了孩子，所有的苦都不算苦。因为她还没有孩子。跟居思同结婚的那两年，居思同不想要孩子。和大良结婚的第一年，大良想要孩子，可余小小没想通，等余小小想通了，大良又天天喝酒。生孩子这事至今没着落。

余小小静静地看着阿西，阿西额头上已经有了两三条细纹，但阿西的眼睛是带光的，熬夜赚钱并没有磨掉她的锐气，她仍然有着毕业时的刚毅。

十年前，余小小和阿西第一次相遇是在单位洗手间。那天是她们上班报到后第一次集中开会。开完会，余小小去洗手间，她看见一短发女子正在洗手池那里先用纸巾蘸了水，再将裙子高高掀起，擦着裙子后摆上的红色。余小小愣在门口，进也不是，不进也不是，因为她看见了那女子的花三角裤，也是血红一片。

短发女子看见有人进来了，就一甩手，放下了裙子，迅速转身，将后背贴着墙壁，对着余小小傻笑。女子嘴刚一咧，又赶紧合上，不像笑容，像是做了一个鬼脸，但余小小还是看见了，这面容清秀的女子的四颗门牙居然东倒西歪的。余小小忍不住笑了，在心里把这门牙称为"史上第一歪牙"。

你在笑我的牙齿。阿西说这句话时，余小小盯着阿西的眼睛，她的眼睛大而有神，目光像一道闪电直逼过来。

十年了，阿西的眼睛没有变，目光的劲道也没有变。阿西一直没有整她的歪牙，时间久了，牙似乎齐整了，余小小看见她的歪牙也没有那么想笑了。

说说，怎么了？跟大良吵架了？阿西靠着余小小坐在客厅沙发上。

没有。他那个人脾气慢，吵不起架来。

那大晚上的不在家待着，跑我这里来干什么？

他忘记我的生日了。

阿西沉默片刻，起身，拉起余小小的手，轻轻开了小房间的门。经过小房间时，阿西看了看熟睡的儿子，笑了笑，再穿过小房间，她们来到阳台上。

快午夜了，一轮满月挂在空中，星星寥寥无几。午夜静得让人顾影自怜，说不出的感伤与美好。

阿西对着月亮，双手合十，闭上眼睛。月光下的她出奇安静，那份虔诚，余小小看着要落泪。

我已经为你祝福了，你一定会幸福一生的。阿西认真地对余小小说。

余小小听着，泪就下来了。她才三十二岁，生命已经在做减法了。十年前的生日，也是跟阿西一起过的，那个生日闹得只嫌事小，不怕事大。今天这生日呢？寒碜得令人发抖。

她们的友情来自那次洗手间的相遇。余小小确实嘲笑了阿西的牙齿，她当下决定将功补过，提出护送阿西去宿舍。那时她们毕业后分配在镇上一所小学，是有宿舍的。

她们俩进洗手间前还是陌生人，出洗手间时俨然成了最要好的朋友，像一对正做着游戏的闺蜜。阿西在前，余小小在后，双手搭在阿西的肩上,像皮影戏。她们的步子不疾不徐,说说笑笑,阿西不时回过头说上两句。阿西进了宿舍门,余小小正准备离开,阿西没有说谢谢,只说,我们以后是好朋友了。

就是那一年,好朋友阿西为余小小过了一个惊心动魄的生日。

成了好朋友的她们,就生活在一起,余小小睡在阿西的宿舍。那时宿舍的床是那种老式的一面靠墙摆放的,靠墙睡的人自然是不太方便的,就算不方便,两个人又不愿意分开来睡觉。她们每晚猜拳,谁输了谁睡在靠墙的那一半。只有余小小过生日的那天没有猜拳,阿西主动睡在那个不方便上下床的位置。

生日那天,白天她们正常上班吃食堂,晚上去附近的馆子喝了点小酒。阿西酒量很好,余小小几杯啤酒下肚,就见思维迟钝。两个人回到宿舍,想想不甘心,这生日就这样过,多没意思啊。阿西提议再出去溜达溜达,余小小稀里糊涂的,双手吊着阿西的一条胳膊,跟着出发了。

她们走在冬天的风中,路两边的梧桐树叶沙沙地响。余小小的生日是冬月十六,晚间最美的风景当然是如玉盘的月亮了。余小小告诉阿西,今天有同事给了她一封情书,那人叫居思同。阿西听了,甩掉了胳膊上余小小的两只手,往余小小面前一站,月光下依然可见阿西黑亮的眼睛直勾勾盯着余小小,问道,那你以后是不是就不和我在一起了?

没有啊。我没有答应他呢。

阿西还是怀疑地看着余小小,那你发誓。

余小小不知怎样发誓。阿西说,这样吧,我们一起对着月亮跪拜，结为姐妹。

这个主意当然没有问题。她们就在那石子路上，对着月亮跪下了，四只手叠在一起，默默地看着月亮。这时，从远处来了一个骑自行车的男人，骑到快靠近她们的时候，吓得将车掉了头。阿西朝余小小鬼鬼地笑，很刺激嘛，有些得意。阿西决定再跪一会儿，吓唬其他人。

果然，没过两分钟，远处又来了一个骑自行车的。这男人有些来头，远远地就喊叫着过来了，原来是你们在装神弄鬼啊，我可不怕你们，我倒要看看你们是什么人物。说罢，真的将自行车靠过来停下了。停好车的男人一身的酒气，一把抓住了余小小，余小小筛糠般发抖，阿西一拳就打掉了男人的手，拉起余小小就跑。男人大叫，哎哟，还会打人啊。便骑车追了过来，余小小和阿西拼命地逃，没跑多远，后面骑车的男人"啪"的一声摔倒在地。余小小和阿西没敢停留，一口气跑到了宿舍。

两人一夜没睡，第二天熬到上班的时候，硬着头皮出门，像侦探似的留意周围人的一举一动。外界流传说法只有一个：昨晚镇东边马路上出现鬼怪现象，撞见的人会头疼，或摔跟头。

阿西和余小小约定，这事什么人都不能说，哪怕是以后结婚跟你过一辈子的那个人。

十年前的这个生日自带保鲜剂，永不衰败，余小小回忆起来总带有蚀骨的隐秘的快乐。

今天这个生日过得太素了，但两人现在还能去大马路上跪拜月神吗？不能了，不敢了。年龄越大，胆子越小。

两人在阳台上站着,默默无语看着月亮。月亮不知何时染上了一轮光晕,像洒上了金粉,恣意地妖媚着。阿西深深叹了一口气说,我请你喝酒去。余小小这几年对酒一点好感都没有,酒像一个插足的第三者,是她的仇家,让她和大良越来越远。

但光阴回转,触动着余小小身体里的那根弦,她听见体内怦怦的回响。喝酒好啊,如果醉了更好,也可以跟大良一样,在沙发上打呼噜,对这个世界不闻不问,像活在时空之外。

两人手拉手悄悄出了门。

已经是夜间十一点了,街面上的饭店一家家大门紧闭。两人心照不宣,谁也没有心急,好像她们就是出来散步的。大约走了一刻钟的光景,她们来到了黄毛排档。店门临街,七八张长方形桌子。

店面小且旧。阿西征求余小小的意见。余小小没意见,一脚踏进去,像一个酒瘾发作的人,不求饭店有多好,只要有酒就行。

阿西让余小小点菜,余小小摆摆手,称自己有选择恐惧症。余小小哪会点菜,每次大良带她出去吃饭,都把她当公主伺候着。余小小从口袋里摸出手机看了看,手机上没有微信,没有电话。她发狠地将手机一关,扔回口袋。

别这样,小小,你看看咱们的手。

咱们的手怎么了?

你摸摸。

余小小摸出来了,阿西手掌心比自己的更硬一些,更糙一些。自从跟大良结婚后,大良请了钟点工,不用上班的余小小连家务活都不干，每天都整些没用的，称自己要当作家，三十几岁的人在家弹琴读书写诗。

小小，你不觉得你的生活是每天都在过生日吗？

余小小双手托着下巴，目光空洞地向远方延伸。她忽然想到了居思同。居思同不会酗酒，跟他一起生活的时候，他们有更多的时间谈艺术。在学生时代，余小小就种下了文学的种子，做梦都想成为一名诗人，但他除了跟她谈艺术，谈书法，什么事都不管。灯泡坏了，水管漏水了，都是余小小解决。买房子这样的大事，缺钱了，也是余小小想办法。有一段时间，余小小手头紧得一个季度都不买一件衣服。她至今都记得，去浴室洗澡，为了省下擦背的十块钱，买了两块钱的搓澡巾，自己擦洗，那是一个小浴室，室内极闷，在里面待久了，她晕倒在澡堂子里。也就是那时她向现实妥协，不再做诗人梦。

和大良结婚后，大良养着她，她又开始做梦了，每天写诗。可每天写诗，她也不快乐。大良不懂诗。有时余小小写了一首自认为得意的诗，她在他耳边叨唠着，她是如何产生灵感的，如何写成了的，还没有说到要读给他听的那一步，大良已经鼾声如雷了。

余小小心头乱成一团麻，她又掏出手机，开了机，她握着手机看了一会儿。手机上的信息像赶集似的一个个蹦出来，同时蹦出来的还有来电短信，都是大良的。余小小轻哼一声。

菜已经上了两个，余小小把手机往旁边一搁，端起阿西为她倒好的啤酒，与阿西碰了一个响杯，刚喝了一口，手机响了，大良的电话追过来了。余小小睨了手机一眼，继续喝酒，"咕咚咕咚"几口喝光一杯酒。手机一个劲地响,余小小一杯接一杯喝。那铃声像是给余小小吹的冲锋号,她越喝越猛。

手机响得连阿西都看不下去了,她停下喝酒,让余小小接电话。余小小抓起手机,又关了机。

余小小喝了五杯啤酒后,阿西抢过了酒杯。余小小指着窗外,悠悠地说,月亮知我心。

阿西说,你是幸福得要上天。

余小小摆摆手,不不不,这不是我想要的。

那你要什么?你要像我吗?

余小小心里回答,不要。

你要像他们吗?阿西指着邻桌,余小小这才认真看起来,邻桌是三位农民工,他们穿着劣质羽绒服,喝着劣质白酒,运动鞋或皮鞋都是破旧的,且沾满泥渍。三人喝得满面红光,频频干杯,细细听,是因为今天其中一人找到了一份替一家粮油店送货的工作。

余小小回过头来看阿西,也许因为酒,阿西的眼睛暗淡了不少,眼神像赶了很远的路似的,那么疲倦。阿西这状态让余小小非常难过,她起身走出了大排档。一出门,一辆电瓶车从她身边飞过去,是外卖小哥。我愿意当外卖小哥吗?余小小问自己,为什么满眼的人就没有一个是她想成为的人,她深陷在一个怎样的泥潭里?

阿西在大排档买了单,匆匆走到余小小身边。此时的街头只有一阵阵发紧的寒风,两个人走了一小段路,阿西忽然仰头在马路上大叫一声,祝小小生日快乐!余小小被这突如其来的大叫吓了一跳，她警觉地看看四周，四周除了寂静还是寂静，只有一只流浪猫蹲在远处用发光的眼珠子盯着她们。

余小小声音像猫一样唱了一句，我要飞得更高，飞得更高。

想要飞呀飞却飞也飞不高。阿西高吼着接了这样一句，然后她们相视哈哈大笑。

她们笑声渐小时，听见了那一连串的咳嗽声，从侧面的巷子里传来。深夜，空旷的马路，鼓点子一样的咳嗽声。余小小紧拉着阿西的手，两人被点穴似的站在原地，盯着那咳嗽声和脚步声越来越近的方向。一个一身破烂衣服的男人从巷子里走出来，他径直走到马路中间。余小小和阿西屏住呼吸，她们不知道此人会不会过来，但就他那骨瘦如柴的身形，摇摇晃晃走路的架势，就算他打过来，估计她们也吃不了什么亏。

"闲坐夜明月，幽人弹素琴……世上无知音。"男人站定在马路中央，背一句诗走上一小步，背一句走上一小步，背到最后一句，也没有看余小小她们半眼。诗人！余小小轻声叫了一下。此刻，她明白了，这就是通城传说中的诗人老木。此人年轻时是天才诗人，因为写诗，辞去了大学老师的工作，但辞职后，没有了经济来源，受生活所迫，又写不出诗了，不知怎么就疯了。疯了后的老木专门夜间出来吟诗，据说他一夜能背出的唐诗超过三百首。余小小听说过这件事，但还是第一次亲眼见到此人。

月亮在天上悄悄地穿过云层，吃力地向西爬。余小小看着一直在背诗的老木，不觉打了个冷噤。惊魂未定时，身后传来一声高过一声的"小小"。她转过身，大良在月光下向她飞奔过来，飞奔过来的大良站定在小小面前，说，小小，我错了。

余小小看着大良,他的脸和月色一样白,不知道是不是光线的缘故,她发现他的颧骨突出来了,脸有了刀削的骨感。他瘦了。她忽然想起自己多久没有这样仔细看过他了,她的心被刺疼了一下,眼眶里涌出了泪,为了不让眼泪掉下来,她仰起脸,天上一片浮云都没有,只有一轮圆月高悬。

原　味

1

初夏，白桦树的叶子茂盛得像一把大伞，遮住日头，遮住雨滴。格桑躲在一棵白桦树下，他眯缝着眼睛看着呆立在雨中的羊群，这坝上的天气就是这样的肆意妄为。早上出门时，斯琴乐香让格桑带雨具，格桑抬眼看了看万丈光芒的太阳，没搭理媳妇，带着他的团子上山放羊。这才中午，他第一口馒头和咸菜还没来得及咽下去，这雨就浇下来了。

格桑蹲在白桦树下，团子蹲在格桑身边，它一会儿看羊群，一会儿看格桑，没有格桑的命令，它不敢靠近羊群。这段时间团子正在接受格桑的训练。团子不是真正的牧羊犬，它是高加索犬和牧羊犬的杂交种，它身形高大，但有时过于自信勇猛。就在刚才，格桑让它去圈羊的时候，它擅自惩罚了不听话的花脸。花脸是这群羊里最调皮的，它的脸的下半部分是黑色的。格桑平时喜欢跟花脸说说话，问花脸吃饱了没有。格桑总觉得花脸像戴着一只黑口罩,吃草不方便。花脸仗着主人宠它,行为自由。但团子不宠它,团子看见花脸往树林跑,便冲上去将花脸扑倒在地,然后又咬断了花脸的喉咙,花脸就这样在格桑来不及制止团子的情况下,倒地,血流不止。格桑奔过来,用一根很粗的枝条狠狠地揍团子。团子不跑远,就围着格桑转,格桑每揍一下,它就惨叫一声,叫得格桑心烦。格桑扔了枝条,去抱花脸,花脸已经断气了。

现在断了气的花脸躺在格桑左脚边,团子趴在格桑右脚边。天上滚着灰色的云团,雨不知道什么时候能停下来。格桑这几天的心情,就像这天气一样,坏透了。

以前格桑放羊的时候,他会学鸟叫,会对着蓝得如湖水一般的天空亮几嗓子,或者爬上一棵树掏鸟蛋、摘野果。他像草原上的风一样自由。

最近的格桑对掏鸟蛋、采果子这些事不太积极,就连吃馒头咸菜这等事都不上心。格桑放羊,早上带馒头和咸菜出门,饿了的时候,馒头咸菜那真叫个香啊,他吃着吃着还会唱起《高原红》。但现在不行了,他有了野心,有了野心的他,再也唱不出歌了。斯琴乐香的表哥去大横县已有五年,春节回来在城里买了房子,两个女儿都去城里上学了。

格桑有两个儿子,大儿子已经到了入学年龄,送孩子去城里上学是一笔不小的开支,格桑的几十只羊只能勉强维持生计,想让孩子接受更好的教育,就不切实际了。林管站前几天刚收过钱,昨晚生态的又来收钱。格桑翻着银行卡余额,上个月刚刚卖掉几只羊,钱又不知不觉水一样流走了。

雨在临近傍晚的时候突然停了,晚霞烧红了半边天。刹那间,天地间又充满了生机,羊群欢快起来,吃草或追逐,团子看看主人又看看羊群,撒腿跑开,继续执行它的圈羊任务。

格桑赶着羊群,带着花脸回到家的时候,天已经黑透,他把花脸往井边一放,进屋换衣服。斯琴乐香看见花脸,脸一沉,拿起靠在墙边的一根木棍,狠狠地抽了团子一下,团子号叫着逃开了。团子才来家里三个多月,已经是第二次犯这种错误了。第一次犯错时,斯琴乐香就要赶走它,格桑没同意。

格桑换好衣服,来到井边处理花脸,刚开始用刀划开羊皮时,心里疼了起来。斯琴乐香在一旁打下手,把羊肠子、胃和内脏等,放进干净的盆子里。两个人干这件事时像约好了似的,都默不作声。

除了宰像花脸这种意外被咬死的羊,平时过节他们也宰羊。每次宰羊,空气都稀薄了些,他们有胸闷的感觉,今天更是如此。花脸是这群羊里最调皮的,常常故意离开队伍,可没等格桑追上它,它又窜进羊群。格桑会笑着骂它是个脸皮厚的小畜生。花脸玩这伎俩倒给格桑的放羊生活平添了几许乐趣。

煮晚饭时,斯琴乐香将洗切好的羊肉水煮,连去腥味的地花椒都不放。格桑不喜欢吃红烧的羊肉,就爱吃原汁原味带点腥味的水煮羊肉,蘸上生抽酱油,喝上几两白酒,一天的疲惫就在这酒肉中消散殆尽。

今晚的格桑没喝酒,没吃一块羊肉。斯琴乐香看了他几眼,说:"你不吃它,它就会夜里自个儿跑到羊圈去?"

"我在想别的事。"

"吃饭就想吃饭的事，别的事吃完饭后再想。"

"我跟你说正经事。"格桑筷子一搁说，"联系一下你表哥，我也想出去闯闯，咱们就这几十只羊，生不出什么钱，还容易出事打岔。"

"你终于想通了？表哥前几年出去时，就让你一起去，你总是要守着大草原，像大草原上有金子捡。"

"我不是怕你一个人在家带娃还要放羊，忙不过来吗？"

"你像表哥那样出去挣大钱，我还放什么羊？"

斯琴乐香说完就拿过格桑的手机联系表哥。

表哥在大横县开了一家饭店，他说大横县人特别会过日子，大大小小饭店生意很红火，晚上吃夜宵到深夜两点也大有人在。他让格桑暂时先在他店里干，等干一段时间后，格桑也可以自己开店当老板，他说格桑早就该出来了。

2

有了表哥的鼓动，格桑再去放羊时，首先让他觉得自己有变化的是对时间的感知。他看太阳，看手机，可时间像病了似的，日子有点往前熬的感觉，实在没劲。格桑想了好几天，终于咬咬牙卖了羊。两个娃还小，斯琴乐香带两个娃，肯定没时间放羊。

这是格桑第一次出远门，火车票是表哥在网上给买的，格桑转了两次车才到了火车站，就取票这事还是排在他队伍后面一位赶时间的小伙子帮他取的。

格桑进了候车室，抬眼四下张望，每一条长椅上都坐满了旅客，大部分旅客正低头玩手机。格桑随便找一个空地站着，最近的长椅上的女子，穿着一条碎花连衣裙，两腿间夹着一个穿白色衣裙的小女孩。女子玩着手机，两腿间的女孩不时用手试图分开女子的腿，女孩偶尔挣扎一下，女子依然玩着手机，只是腿下意识收拢一些，女孩的活动范围就小一些。

女子的旁边坐着一位仰着头在椅背上睡觉的男子，男子的两条腿架在行李箱上。格桑想：他会睡过乘车时间吗？正想着，睡觉的男子突然起身掏出手机看了看时间。男子的旁边是一对小情侣，男孩搂着女孩的肩膀，女孩身子斜靠在男孩身上，看着男孩打游戏。

格桑发现候车室的每个人都忙着自己的事，没有一个人像他这样闲得盯着别人看，他赶紧收回目光，掏出手机，他出门的前一天给斯琴乐香买了手机，他给她发了一条微信：我已经到火车站了。斯琴乐香没有及时回复，他又发了一条微信给表哥，表哥的回复很及时，表哥说会在火车站接他，让格桑不要担心。

做完这些，格桑不知道接下来该干啥，他在人群中总有局促不安的感觉。检票，上车。这两件事让他这种不安感更为强烈，好像有无数双手压在他胸口，让他喘不过气。他把行李箱放在铺底下，里面都是换洗衣服，没有贵重物品，然后把自己安顿在绿皮火车的铺上，他做好这些后，才舒了一口气。他需要闭目养神一会儿，刚闭上眼，就听见有人在他耳边喊"大哥"。他睁开眼一看，俯下身子盯着他脸的，是他在候车厅观察的那位用腿箍着小孩、专心玩手机的女子。小女孩倚靠在他铺旁，用手拨弄着他的衣角。

格桑一下子坐起来，险些碰到女子的脸，他赶紧把身子一斜，整个身子有些控制不住，又要倒下去。女子被他惊慌的样子逗笑了。"大哥，我想跟你换铺位。"女子说着，用手臂一揽旁边的女孩，"你看我带着她，睡上铺挺不方便的。"说完，又指指上铺。

格桑明白过来后，当然同意，迅速爬上上铺。女子说："一看就知道大哥是好人。"格桑实际也不是想当什么好人，他是巴不得睡上铺呢，多清静啊。

换到上铺的格桑闭目养神，不一会儿，他就睡着了。他胡乱地做了一些梦，梦中都是在人挤人的大马路上穿行。

他不知道自己是怎么醒来的，睁开眼的时候，他侧卧着，脸朝外，他看见对铺上一对男女缠绵在一起，他赶紧翻身，背过脸去。他心里乱乱的，身上一阵燥热。他不敢轻易翻身，等列车员在过道推着车，喊着"水果饮料，有谁需要的"，格桑才翻过身来，他用余光扫了对铺一眼，只剩一名女子，也不知道那男子是何时离开的。

3

格桑坐着表哥的车，去往县城。大横县很繁华，到处高楼大厦，高得格桑怀疑它们会不会随时倒塌，到底有多少层，格桑数不出来。一路上表哥嘴巴没停过，哪里是购物中心，哪里是小吃一条街，哪里是全民健身广场。表哥说着这些，格桑也没有用心记，他也记不住。

车停在一家面馆前,"好再来面馆"几个大字在夕阳下沉睡着。面馆的不锈钢门紧闭着。格桑的心不禁凉了半截,就这仅一扇独门的面馆,能有多大红大紫?在火车站第一眼看见表哥时,格桑信心百倍。就算格桑再不懂外面的世界,表哥的派头也是大老板才有的。格桑手提行李箱,站定在原地,盯着表哥脖子上那条粗粗的金项链看了足足五秒钟。现在,格桑看看这独扇门的面馆,再次看看表哥那金项链,有点迷糊。

格桑得暂时住在这家面馆,路上表哥已经说过。表哥的意思是一来住店里方便,因为早上两三点就要做早餐的准备工作;二来表哥在大横县的房子只有两室,新买的大房子还没有到手。看着这面馆,格桑怀疑表哥到底有没有买大房子。

面馆谈不上装修,就十几张条形木桌,条形木板凳。靠桌子的墙上贴着数字,不用数就知道是十二桌。数字按顺序从门口排到最里面是十二。

下面条的操作间里也没有什么特别的,一大锅两小锅。灶台上佐料盒挺多,十来个。灶台对面是一张大平板桌,桌上有面条、肉、鸡蛋、猪腰子、青菜等,一袋一袋躺在平板桌上。格桑站在灶台和平板桌中间,左看看右看看,他已经忘记了自己此行的目的,倒像是来参观的。表哥绕过平板桌推开了一扇隐形门,不仔细看,真以为那是一面墙。

隐形门里的空间小是小了点,但洗澡间、抽水马桶、洗脸池都是有的。一张席梦思床藏在一个都是隔板的空间里,只留一小扇门,还好洗脸池上方有一扇大窗户。

表哥让格桑先将就着住,说精装修的大房子马上就要到手了。格桑放好行李，表哥说先出去吃饭。

等格桑他们到饭店的时候，表嫂已经在饭店包厢里坐等了。桌上有六个冷盘菜。

这晚格桑喝了不少酒，他的头晕乎乎的，像餐桌上一直慢悠悠转着的圆盘。格桑在他的家乡是没见过这种自转的桌面的。一顿晚饭下来，他不知道都吃了些什么，服务员每上一道菜，都会报上菜名，很多菜名根本文不对题，比如有菜名叫"葫芦四宝"，上菜时服务员一进门就大声道："葫芦四宝花轿到，各位来宾乐陶陶，层层惊喜美菜肴，万事如意身体好，祝各位用餐愉快！"这所谓的"葫芦四宝"是一个葫芦形状的餐具，跟菜没什么关系。

格桑的酒量本来还算可以的，今晚喝的酒不算多，人却是晕乎乎的。他到面馆后直挥手，说自己实在喝多了，太困了，让表哥一家赶紧回。表哥拉上了卷帘门，表哥离去时的脚步声还在耳边响着，格桑就对着垃圾桶呕吐，秽物刺鼻的味道在这封闭的面馆里乱窜。格桑吐了又吐，像是要把五脏六腑都吐出来，肚子里食物吐得一粒不剩。他拉开门，清理了垃圾桶。夜风吹着，他头脑和脚步都轻松起来，头不疼，腿不软。他怀疑自己并不是醉，而是那些菜实在太鲜了。他不是现在才想起那些菜味道太鲜，而是从饭局的开始，他就感觉到了，只是不愿扫表哥的兴，他硬着头皮，随酒吃下了那些菜。

4

格桑惊醒的时候，着实吓了一跳。卧室外动静很大，他看看手机，三点。夜里三点。手机上有斯琴乐香的未接电话，他顾不得回电话，耳朵贴着卧室的门，是表哥的声音。他松了一口气。

他走出卧室，看见表哥和表嫂正各忙各的。表哥切猪腰子，表嫂子切猪肉，表哥说今天的猪腰子比昨天的好，闻着味道就有数。

格桑站到他们面前的时候，表哥也没有跟他说客套话，直接给他分任务，让他把一堆青菜洗干净。洗青菜不是什么技术活，格桑做得很认真。

六点的时候，店里另一个员工也到了。格桑心里盘算着，就这小面馆，用得着雇员工吗？员工到店后，格桑和那个员工吃早饭，每人一碗三鲜面。三鲜面的味道又是太鲜，格桑勉强吃完了一碗，要知道，如果在家吃面，他至少可以吃两大碗。最早的客人六点半就到了，都是带孩子过来的。开工后，表嫂不干活，就盯着大门口，她专门负责点单和收银。客人到店点餐后，在进门的墙上扫码付钱，然后挑一个位置坐下。格桑和另一个员工的任务一样，端面条给客人，等客人吃完后再收碗、洗碗。表哥做三鲜面是一碗一碗做的，平板桌上的面条被分成一小块一小块，每碗都是固定份额。

店里的客人渐渐多起来。表嫂的记忆力真好，面条煮好后，格桑只要一端碗，表嫂就给他一个桌号，他送往指定桌子。客人最多的时候，十二张桌子都坐满了，有少许客人站着等。别看格桑就端碗、洗碗两件事，整个工作时间，他屁股碰不到凳子。有小孩不小心把面条泼洒在地上，他要拖地；桌面上有餐巾纸团，他要收拾；桌上的酱油醋辣椒没了，他要添加。格桑一直紧张地忙碌着，他有些心跳加快。草原上数云朵、掏鸟蛋的时候，他从未感觉到自己的心会跳得这么快过。

到上午九点半，面馆就不再接待客人了。格桑细细盘算了一下，一个小面馆一个早上居然有上千块钱的营业额，他相信表哥的确赚了不少钱，不禁对未来进行各种设想。表哥说中午有一个朋友请客，让格桑一起去饭店。格桑称自己的酒还在胃里翻腾，就不去了。

格桑自己动手做了午饭，他煮了两大碗青菜面条。灶台上十来个调料盒里，他只用了油和盐，吃的时候，放些辣酱，这是他来到大横县吃得最舒服的一顿饭。胃满足了，格桑惬意了，他跟斯琴乐香说了这里的情况，斯琴乐香让他好好干，等以后开店，她和孩子也到大横县来。

说实话，目前格桑还没有把握自己能不能和表哥一样，在这里扎根赚大钱。他连这里的饭菜都不适应，怎么在这里扎根？他必须适应这里的饭菜。

下午，格桑准备去超市买些日用品。刚一出门，嘴里忍不住"哞"的一声，外面实在太热了，毒辣的太阳，烤得大地直冒热气，他感觉自己不用多会儿就会被烤熟。

他在草原上生活了几十年，从没有遇到过这样的天气。他的汗大颗大颗地往下掉，一边走一边喘气，好不容易到了超市。他首先买了两根老冰棍，左手拿一根，右手拿一根，左手的冰棍往嘴里送，右手的干脆往脸上抹。超市里的顾客和店员好奇地看着他，有的还捂着嘴哧哧地笑。

他在超市里转悠着，好像外面有猛兽，让他不敢再次出门。

在草原上，最恶劣的天气是暴雨暴雪，可暴雨暴雪的天气，也没有这阳光可怕。

格桑回到面馆时，冲了冷水澡，再吹吹空调，他这才感觉到自己活过来了。

表哥他们夜里三点来面馆时，格桑想起床，可他浑身发软，头疼欲裂，不停地流鼻涕，他发烧了。

格桑勉强起床，工作了半小时，表嫂让他在床上躺着休息。格桑说自己能行。表嫂子说："你那喷嚏鼻涕不行，可不能把客人都传染了。"

后来的几天，格桑烧退后，他又开始拉肚子。

格桑很沮丧，他不知道自己的身体在开着什么玩笑，他在家时，可是一年到头都不生病的，怎么外出想干事业时，这身体就不听使唤了呢？

表哥也开始劝格桑了。表哥说："看来你适应不了这里的生活。"

格桑知道表哥的下一句没好意思说出来：你还是回吧。

格桑就那样做了，他决定回去了。表哥给了他不少钱，说就当是借给格桑的。格桑来了大横县不到二十天，就回大草原去了。

5

斯琴乐香看见格桑就这样回来了，连连叹气了几天。他们把积蓄和表哥给的钱都拿出来买羊。

格桑回到家后，在床上躺了一整天，团子这个小畜生一直陪着。两个儿子有点坐不住，不过他们出去玩一会儿，就来和格桑说说话，他们还弄到了一只小麻雀，说烤了给爸爸吃。

格桑不再躺床上了，他的身子骨硬朗起来，有了精神。他着手买羊的事，买羊或卖羊在他们这里并不是什么难事。

格桑带着团子放羊、逗团子玩、掏鸟窝、看蓝绸子一样的天空。他吃的饭菜里，再也没有了那奇怪的鲜味。虽然太阳也很精神地挂在天空，可空气中流动着清凉的风，再也不会把人蒸熟。

草原上，放羊的格桑挖挖野菜，坐在树底下抽抽烟，再扔了烟屁股去采野菊花。他把野菊花夹在脚丫里，左脚才夹满，团子衔着野菊花奔过来。格桑满意地拿过来往右脚丫插，团子一溜烟又衔来了第二朵、第三朵、第四朵。格桑的右脚丫也戴满了花。团子衔来第五朵，看见主人不需要了，就往自己脚上插花。格桑笑得躺在草原上，躺在他的大草原上，他的美丽的大草原上。草原上又飘荡起格桑的《高原红》。格桑想起，自己已经很久没有唱歌了。

女人和猫

1

手机响了一声,小逃睨了一眼桌上的手机,继续喝着母亲端来的鸡汤。小逃昨天来到了母亲家,丁刚在晚饭时分来过电话,小逃没接。丁刚那时打完牌回家了,找小逃煮晚饭呢。从昨天晚上到现在,也不知道丁刚打了几个电话,小逃一直没接。丁刚越来越让她恶心了,当初真是鬼迷心窍。母亲熬的鸡汤真香,生病以来,小逃首次出现的好心情是从这口鸡汤开始的,她又喝了两三口。刚刚初秋,褪去了燥热的空气散发着甜味。小逃刚想笑上一笑,手机又不识趣地响了一声,微信消息接二连三。小逃有点烦,索性关了手机。

小逃是晚上睡觉前才开机的,微信上丁刚发来一个视频,另外还有三条文字信息。"你到底在哪!""哈哈,视频好看吗?""你还不回家,你的心是铁做的!"

小逃打开视频,来不及细看画面,就听见一阵连绵不绝的惨叫，是汤圆！汤圆的两条后腿被红色塑料绳捆着，高高地吊在卫生间淋浴房的水龙头上。它一边哀号一边将头费力地向上仰去，企图咬断腿上的塑料绳，当它竭力把身子蜷成一条弧线时，丁刚就用笤帚柄敲一下它的头，说："别叫，你妈妈会来救你的。"汤圆一个迅速的掉头，又死死地咬住笤帚柄，接下来一个特写镜头，是汤圆的脸。小逃从未见过汤圆眼睛睁得那么大过，它玻璃球似的亮晶晶的眼里蓄满了泪水，还有它咬着笤帚柄嘴里往下流的口水，这泪水和口水滴在小逃的心上，把小逃的心滴穿了孔，汩汩的鲜血从这些孔里喷射而出，她有种失血过多的虚脱。小逃浑身在抖，右手拨电话给丁刚，左手臂已经套上了衣服的一个袖子，丁刚不接电话。小逃又换左手拿电话，右手臂也伸进了衣服袖子。丁刚挂了她的电话。小逃微信给丁刚留言，让他放下汤圆，她马上回家。

小逃起床动静很大，母亲也起床了，问小逃要干什么。小逃说："快喊我哥，让他送我回家。"

母亲没问什么事，用不容商量的语气说："不行，在这住几天，把身子养好了再回去。"

"妈，你别添乱了。汤圆快要死了！"

"它的命比你的命重要吗？"母亲说这句话音量大得吓人。她知道小逃两年前收留了一只白猫，也叫汤圆。小逃带汤圆来过母亲家，回去时差点抱错了。母亲家的那只汤圆稍胖一点，是一只发了福的老猫。母亲家的猫是小逃从二叔家抱来的，刚抱来时像一只老鼠，那时小逃还没有出嫁呢。母亲家的汤圆是小逃养大的。

"汤圆病了？你没有放足猫粮？"母亲大约感觉到自己语气不太好，又轻声补了这么一句。

小逃不再理会母亲，她不能说出丁刚折磨汤圆的事。丁刚一直是母亲的眼中钉，如今再干出这等混账事，母亲又要抱怨小逃当年眼瞎，跟这种人私奔。小逃匆匆忙忙将衣柜里的衣服乱七八糟地塞进行李箱。

一上车，小逃哥哥就说："他又犯什么事了？"

小逃看着窗外，眼前晃动的总是汤圆的脸。汤圆是上天送给她的礼物。她抱回汤圆时，是她跟父母还没有完全和解的时候，汤圆带给她家乡的味道，她常常抱着它讲家乡的趣事，汤圆是忠实的听众。汤圆现在怎样了？她心里憋得慌，时不时地喘一口大气。

"什么？哦，没有。"

"你早就该离婚。"这个话题哥哥已经说了一年。小逃不搭话。

哥哥好像生气了，发狠似的把车里音响声音调大。车窗户是开着的，向外飞去的歌声在空荡荡的马路上游魂似的飘着。初秋的夜风是怡人的，可小逃心里是焦灼的，她脸上都能愁得下起雨来。这时，天空突然出现异象，一阵大风刮来，车身有些微晃，紧接着就是让人睁不开眼的大雨横斜着扫过来。哥哥赶紧关了车窗。

小逃给丁刚发了一个哥哥开车的视频，并配上一条文字信息：雨很大，我回来了。你把汤圆放下来了吗？

丁刚回了三个字：死不了。

小逃松了一口气。虽说丁刚有些事干得很混蛋,但他从不说假话。小逃这才想起跟哥哥说一句客套话:"哥,今天辛苦你了。"哥哥没有作声。

小逃又说:"哥,昨天我走得匆忙,忘记多放些猫粮了。"

"他断手还是断腿啦?我就搞不懂,你们这样过日子有什么意思?一辈子还很长,你要伺候他多少年啊?"

"哥,他有时也好的。"

"好个屁,连放猫粮的事都不做,他还做了什么好的?"

兄妹俩又一阵沉默。

小逃看着雨,陡然想起昨天衣服忘了收,晒在门口的衣服此刻定是喝得饱饱的了。由它去吧,这也没什么好担心的,老天淋湿了它们,还由老天晒干它们。

小逃家住在郊区,一栋两层的小楼,有小院子。到了家门口,小逃一眼望见了院子里晾着的衣服。哥哥也看见了雨中飘飘荡荡的衣服。他扭头对小逃说:"真想下去揍他。你怎么就这么死心眼?"

"雨是突然下的,估计他不知道。"小逃这话含含糊糊的,不知道什么?不知道下雨呢?还是不知道雨中有衣服?哥哥不想回击,再辩也无用,只在小逃下车时,说了一句:"有事打电话。"

小逃没有说挽留哥哥的话,只让哥哥开车慢点。

衣服湿了,不管它。丁刚不做家务,小逃已经习惯了,没指望他收衣服。小逃一进门就喊汤圆,喊了第一声,汤圆没回应,喊到第二声,汤圆软绵绵地叫了一声。小逃看见汤圆躲在墙角的椅子下面,汤圆是吓坏了还是受伤了?以前小逃一进家门,汤圆都会在第一时间像闪电一样蹿过来,在小逃身边转来转去。

小逃慢慢地向汤圆走去,怕吓着汤圆。她想起汤圆初来这个家时就是这样静静地东躲西藏的。对,第一次见到的汤圆就是这样子的,胆小又带着伤。

两年前的那个黄昏,小逃从纺织厂下班回家,她心不在焉地骑着电瓶车。她在想着丁刚,也想着一年前因公殉职的公公,只有公公管得住丁刚。如果公公不死,如果没有公公的那笔抚恤金,丁刚是不是就不会这样成天打牌?是不是还和她一同上下班?谁说有钱就幸福的?这灾祸的钱来了,没有改变它的性质,还是灾祸。这灾祸一直存在着,只是换了一种方式存在着。小逃心里一恨,手上油门一加,电瓶车向前飞去,就是这时,前面出现了一只雪白的拼命奔跑的猫。小逃一个急刹车。猫也被刹住了似的停下了,圆溜溜的黄眼睛盯着小逃。它太像母亲家的小猫汤圆了!小逃将电瓶车立于一旁,想抱起这只小猫,它后退两步。当小逃推车要回家时,猫又跟上来了。它就是这样跟到了小逃家。小逃给它起了一个和母亲家的猫一样的名字:汤圆。刚开始的几天,汤圆就像现在这样,躲藏在家里的各个角落,远远地看着小逃,总要等到小逃唤几声,它才肯出来吃东西。

现在的汤圆又像两年前一样,防备着,蜷缩着。小逃走过去,把它抱在怀里,也像两年前一样轻轻抚摸着它:"汤圆不怕,妈妈回来了。"

丁刚从楼上趿拉着拖鞋走下来,吊儿郎当的,两条胳膊往胸前一拢,斜着眼看着小逃。

"回来了不抱老公,却抱着那只畜生。"

小逃想：你还不如畜生呢。

"想说我不如畜生，是吧？"丁刚嬉皮笑脸的，他并不生气，"你生病不上班的日子，谁养着你啊？是老公我吧？这只畜生养不了你，我养着你们母子俩的呀。"

提到"母子俩"这几个字，小逃就羞愧。结婚四年，她吃了有一卡车的中药、西药，都不见肚子鼓起来。这也是小逃忍着丁刚无理取闹的原因，她欠他的。小逃为此提出过离婚，可丁刚不离，他说他不介意没孩子。丁刚说她生病不上班，她没放心上，生病不上班是暂时的，三个月前她犯了一次眩晕症，其实就是低血糖，老板辞退了她。现在血糖已经正常了，她会找到工作的，但对于生孩子，她几乎绝望了。

"我还没吃晚饭呢，给我下一碗面条吧。"

小逃聋了似的，像一个专业医生在汤圆身上仔细查伤。汤圆轻声叫着，舔舔小逃的手，看看丁刚，别过头去，安静地躺在小逃臂弯里。

小逃翻遍了汤圆身上的毛，汤圆每寸皮肤都好好的。小逃把汤圆放进窝里，这才和丁刚说话："你为难一只猫算什么本事？"

"可你不理我，我为难不到你呀。"丁刚走过来揽着小逃的肩，小逃一甩胳膊，"哟哟哟，不就吊着它闹着玩的吗，你当什么真啊。老婆，我饿了。"丁刚说完走开，叼起一根烟，坐在餐桌旁等吃的。

小逃真的去了厨房煮饭。无数次事实证明，如果小逃不煮饭，丁刚是不可能让她睡觉的，最后都是小逃妥协。

小逃近来也在不停地问自己,她是对这生活认命呢,还是逃出去?可命运像是给她打了一个死结,怎么也解不开。

几年前,逃婚来到这座城市,四处找工作的小逃,处处碰钉子,花光了兜里仅有的几百块钱,到了快要沿街乞讨的时候,高大威猛的丁刚出现了。丁刚看见灰头土脸的小逃,站在树荫下,茫然地四下张望。他确定她是一个需要帮助的外地人,附近这般大的女孩子,丁刚只要看背影就知道那是谁。

丁刚当时是纺织厂的电工,在当地赫赫有名,因惹事进去过几年。小逃来到纺织厂打工后,丁刚成了小逃的保护神。等小逃家人找来的时候,小逃和丁刚领了结婚证。为这,小逃有两年时间进不了父母家的门。婚后的小逃把丁刚当老子或者当儿子似的惯着,包揽了所有的家务活。下班回来的小逃忙里忙外,丁刚则喝茶、抽烟、看电视、等饭吃。饭后小逃还要备好水果。比如苹果,小逃削好了苹果,丁刚是不会吃的,必须将苹果切成一小块一小块的,苹果块上插上牙签,丁刚才肯吃。婚后的小逃就这样把丁刚当儿子一样养着,这能怨谁呢?

2

小逃上床的时候,已经十二点了。丁刚在手机上看视频,小逃上床后背对着丁刚。丁刚扳过她身子,让她一起看视频。丁刚一只手抓着手机,一只手在小逃身上来来回回。小逃说:"我不方便。"小逃拿开丁刚的手,又背过身去。

小逃的这种反抗,像一支兴奋剂。丁刚放下手机,干起了自己想干的事。事后，小逃要换脏了的床单，丁刚让明天再换，说罢躺在干净的那一半，呼呼大睡。

确认丁刚熟睡后，小逃悄悄地走到另一房间睡觉。这是一件秘密事，小逃已经干了近一年，丁刚至今都不知道。如果丁刚知道小逃跟他分床睡，他每晚非把她绑在床上不可。

丁刚是一年前开始堕落的。一年前，丁刚拿到了父亲的抚恤金之后，就不再去上班了，游手好闲的日子就是从那时开始的。没有了父亲的管教，又发了横财，丁刚像脱缰的野马，不知道怎么撒野才好，他除了打牌还是打牌，比上班还要辛苦，没有休息日。小逃最烦他在家打牌，除了煮饭，小逃还要给他们续茶水，稍有怠慢，丁刚便像一个暴君一样吼叫，耍威风给他的牌友看。小逃就是这一年才慢慢开始讨厌丁刚的。以前的丁刚，特别是四年前认识的丁刚，虽然家里很穷，但他肯干、正直、善良。可这一年的时光是腐蚀剂，丁刚朽了。

她能离开他吗？她离开他后，投奔哪里呢？父母那里是她唯一可以去的地方，可当初为了丁刚，她连父母都不要了，现在哪有脸离婚回到父母那里呢？她这辈子怎么就没做对过一件事呢？她的出生就是一个错误。

小逃生于二十世纪八十年代末，那时计划生育抓得很紧。小逃已经有一个哥哥了，按理说，小逃是没有权利来到这个世上的，应该死于医生的引产手术下，但母亲利用上厕所的时间逃出来了。从此，母亲带着肚子里的小逃开始了逃亡生活。所谓"逃亡"，不是住旅馆或露宿街头，实际是这个亲戚家住几天，那个亲戚家住几天。亲戚家轮流住是临近预产期的事。本来小逃母亲想一直住舅舅家,舅舅家离小逃家有四五十里的路程,舅妈又是一个菩萨心肠的人。可领导干部太厉害了,竟然找到了母亲的舅舅家,好在母亲住的房间有一个很隐蔽的后门,领导干部喊门那会儿,母亲一听见拍门声,就很警觉地从床上跳起,意欲悄悄从后门溜出去。舅妈也是听见敲门声过来的,舅妈过来时,正在开后门的母亲吓了一跳,舅妈拿了一件大衣裹在小逃母亲身上,在小逃母亲身后轻轻关上了门,又拿了一张椅子往门后一放,椅子上再堆上棉絮。小逃就这样顽强地来到了这个世界。后来小逃听母亲说,那是一个可怕的夜晚,后门出去就是一片黑漆漆的竹林,母亲揪着一颗心穿过竹林,以为看见少许的光就会好些,哪知与竹林临界的是乱坟岗。母亲愣住了,她再也无力挪动半步,孤零零地站着,觉得满眼都是小鬼乱晃,想蹲着,肚子又不允许,跪了一会儿又觉得累。大冬天的,她就坐在冻得结结实实的地上捂着嘴哭。小逃生下的当天,母亲没有和任何人商量,给孩子取名为小逃。

3

小逃辗转反侧到夜里两点,雨渐渐停了,夜静得像一口深不可测的井。丁刚的呼噜声强行穿过两道门,灌入小逃耳中。她悄悄下楼,凑到汤圆窝前。汤圆也在打呼噜,不过比丁刚的呼噜声柔和多了。小逃伸手抱它的时候,汤圆一个鲤鱼打挺,身子一蹲,准备攻击。小逃笑了,她喊了汤圆一声,汤圆乖乖地走出窝,在小逃的裤腿上蹭来蹭去。小逃抱着汤圆睡在楼下的客房。

多少个孤独的夜晚，汤圆就是小逃的药引子，治好了小逃的失眠。

清晨，屋前屋后都是鸟声。小逃是被这鸟声和汤圆的抓门声吵醒的。汤圆是一个起得早的家伙，它早晨醒来后的第一件事就是在门前的小院子里捉鸟。院子里栽满了树，有桂花树、桃树、香樟树、白玉兰。树多了，鸟儿就多了。一年四季，小逃见得最多的是麻雀。一开始，麻雀只蹲在树枝上，抖抖身上的羽毛，再跟同伴交头接耳叫上几声，偶尔腾起身子试飞一下，沿着几棵树转上一圈，接着安顿下来，好让阳光把身上再晒得舒服些。这时地上的汤圆仰着头，在一棵树下站一会儿，就敏捷地爬上去，眼见快到树顶，麻雀儿一哄而散。继而又有几只调皮的麻雀飞落到地面，朝汤圆"唧唧"两声。汤圆急忙从树上跳下，追地上的麻雀，眼见快要得手了，麻雀又振翅飞上了天，在空中盘旋几圈，就飞远了，落入汤圆眼中的只剩下几个小黑点。

小逃倚着门框，看着汤圆懊恼地慢慢走回屋，小逃忍不住笑了一声。小逃开始了洗衣做饭的日常生活，她煮好早饭后，肚子突然疼得厉害，她扶着楼梯扶手，走一步歇一步，到楼上喊丁刚陪她去医院。丁刚睡得正香，他通常是中午起床。早晨的丁刚还在深睡眠中，小逃摇醒他，他有点恼火。

"肚子疼吃止疼药。"丁刚闭着眼睛甩下这一句，继续睡觉。

小逃站在床边，泪水不断地涌出来，悲伤像一双有力的手，使劲地捏着她的心，她喘不过气。

疼。小逃额头上的汗珠子越来越密。丁刚的呼噜声越来越高，呼噜声像一根线牵扯着，丁刚每呼一声，小逃就疼得抽搐一下。

小逃捂住肚子，一步三停地往楼下走，她的病她知道，再拖下去就要出人命了，她打电话给好友张芬芬。

张芬芬来了后，本来是要去楼上把丁刚大骂一顿，但她知道小逃的病刻不容缓，她解了小逃的围裙，往沙发上一扔，围裙悠悠地滑到地上。

小逃生病住院了。

输液后，小逃的疼痛减轻了，她让张芬芬回家。小逃给丁刚打了电话，丁刚说马上就过来。张芬芬说她要等到丁刚来，痛骂一顿他才解气。

小逃说："医院里这么多人，你就给他留点面子，重要的是也给我留点面子。"

张芬芬想想有道理，没有再坚持，便回去了。

这一病房里住着三位病人，另外两位病人一老一少。年纪大的那位病人像有睡不完的觉，小逃看了她几次，她都闭着眼。陪护的好像是她的女儿，坐在床边玩手机，不知道手机里的对方是一个多么幽默的人，她一边聊天一边偷偷地笑，偶尔笑声大得离谱，便羞愧地抬头扫一眼房间的动静，又埋头继续聊天，继续偷笑。年纪轻的那位病人呢，小逃觉得她应该去精神病医院，脾气大得超乎想象，陪护的老公脚下忙得冒烟，还是会遭到她的怒骂。比如老公刚给她擦把脸，去卫生间倒水，顺便洗手或解手，回到床边，她都会骂道："你宁可躲卫生间，也不倒水给我喝，想渴死我啊。"老公满脸堆笑地说他错了。

小逃心里酸酸的，她看向窗外，阳光明晃晃的，一只小麻雀站在窗台上朝房间里探头探脑的。年轻的那位病人不知又在责怪丈夫什么，声音很响，小麻雀扑棱一下飞走了。小逃望着空空的窗台想：丁刚是不是打牌忘了要来医院的事？可小逃不愿打电话催他，如果不是出于他担心自己的本心，逼他过来，又有什么意义呢？

时间像病了一样，走得很慢。输液管里的药水赶路似的，滴得很快。小逃的几只吊瓶都空了，丁刚还没有出现。一位年轻的医生过来询问病情的时候，丁刚两手插在裤兜里进来了。丁刚进来后，站在一旁，看着医生跟小逃的一问一答，房间里其他病人和家属用询问的目光看着丁刚，想知道他来探望谁的。

医生走后，丁刚说："看样子情况好着呢，可以回家了吗？"

小逃愣了，把丁刚说的话重复了一遍，跟丁刚确认。

丁刚说："对呀，住家里不比医院舒服吗？"

"办了住院手续，如果被查到没有住院，医保中心不给报销的。"小逃淡淡地说，"你回去吧，我又没手术，不需要人照顾的。"

年纪大的病人这时剧烈地咳嗽起来，打断了丁刚和小逃的谈话。丁刚等那位老人咳嗽停下来，说："好吧。那我回去，你有事打电话。"

丁刚真的如局外人般走了。小逃看着丁刚离去的背影，觉得他是她的流云，那么远，那么飘。

小逃的病床靠着窗户，丁刚走后，她侧过身子，背对着所有人。太阳落下去了，黑夜就要来了。小逃除了惦记汤圆，觉得医院还真的比家里好。丁刚除了烦她，还有什么作用呢？她是在等什么呢？小逃决定出院后干的第一件大事就是离婚，该结束这种胶着的夫妻生活状态了。小逃很快就睡着了，她实在太累了。

住院的三四天，小逃不跟病友聊天，病友或家属们问什么，她都说自己困。丁刚打过两次电话，小逃说自己越来越有精神，马上就可以出院了，丁刚真的就没再来过。母亲打电话给小逃，小逃隐瞒了住院实情。张芬芬每天来一趟，看见小逃一个人悲伤地躺在病床上，她要去找丁刚吵架，小逃不肯。小逃说："他不来，我回去才有离婚的理由呢，你希望我解脱吗？"张芬芬的火就这样被小逃扑灭了。

4

四天后的中午，小逃出院回家。丁刚的车停在门口。小逃打开小院门，通往门前的水泥路上，铺上了一层落叶，像久久不住人的败落庭院。推开家门，小逃首先闻到一股馊味，她本想唤汤圆的，可她像被绞绳套在脖子上，用力地咽了一口唾沫。除了那天去住院时掉在地上的围裙原样未动，其他的面目全非。地上脏得没有落脚的地方，什么都有。灰尘、米粒、菜叶、牙签、用过的纸团等。桌上摆满了碗筷，有三个只剩汤水的方便面盒，有剩一两口饭菜的六只碗，应该统一称为没有洗过的碗。再看看厨房，一只平底锅里大约还剩半碗面条，馊味就是来自这面条，电饭锅里还有一点米饭，汤锅里剩了几口蛋汤，煤气灶上的另一口炒锅里有一小口炒饭。家里的四口锅都派上了用场。一阵风卷着几片落叶进了屋子，抽纸团在地上滚了滚。这哪是家啊，分明是荒郊野岭！

小逃忽然觉得自己是有罪的，她每天伺候着他，顺从着他，这无疑是给他设置的陷阱。

她早就该离开他。

小逃像被冷风呛了一下，猛烈地咳嗽。就在小逃咳嗽的时候，汤圆在窝里扯着嗓子一声接一声，一声比一声高地叫起来。她走到窝前——汤圆被绑在窝里。

"畜生！"小逃解开系在汤圆腿上的绳子，骂了一句。

"畜生就是畜生，居然跳上桌抢我的饭菜吃。"丁刚软塌塌地从楼上下来了，脸像一口油锅似的带着反光，显然刚起床，还没有洗漱。

小逃看看猫窝里，猫粮被舔得一粒不剩。丁刚说："别只顾着你儿子，老子我饿了。"

小逃没理他，取了猫粮喂汤圆。

汤圆吃着猫粮。小逃说："以后别想我给你做饭，我要跟你离婚。"

"你宁可照顾畜生，也不照顾好你老公，有病吧你？"

"我都病了几年了，现在治好了。你等着，我再也不会让着你了。"小逃说完就上楼去，她太需要洗一个热水澡了。

洗澡的小逃想，自己的命运从一出生就被诅咒了。她总是不停地选错，逃跑，再选错，再逃跑。

小逃刚关了花洒，就听见了汤圆受难的求救声，她吓得差点滑一跤，三两下擦了身子，穿了睡衣，就冲向楼下。

丁刚的两个胳膊肘分别夹着汤圆的头和屁股，汤圆的四条腿被捆绑着，毫无逃脱的可能。丁刚像理发师一样，拿着一把剪刀，在汤圆的背上正剪得起劲，嘴里哼着小调，很享受的样子。

小逃到了一楼，向丁刚扑去，夺过汤圆。小逃哭着骂道："疯子！变态！"

"我在给咱们的儿子打扮呢，还差最后一笔。"

小逃解开汤圆腿上的绳子，汤圆缩在小逃的脚下。原本漂亮的汤圆，背上像长了癞疮一样，毛有一块没一块的。

小逃伤心地看着汤圆，丁刚真是无耻到极点，就算一只猫，遇上他都会受罪。"我们离婚吧。"小逃平静地说。

"怎么了？它也是我的儿子啊，没看见我正在给它写名字呢。"

小逃仔细看汤圆被糟蹋过的背，背上被剪过的地方明晃晃两个大字："儿了"。

天意啊，"子"没有形成，只有"了"了。

"我要离婚。"

"别做梦。"

"我要离婚。"

"妄想。"

他们的声音炸雷似的轰响。汤圆身子瑟瑟抖了两下，就箭一般地向外冲去。小逃追着喊汤圆，汤圆像一个负心汉一样头也不回地跑着。

只一会儿的工夫，汤圆就不见了。小逃追出去很远，她不停地向前跑着、跑着,直到跑得瘫在地上。

汤圆就这样逃跑了。

小逃真的起诉离婚了。

开庭那天,丁刚一边开车,一边思考着怎样才能让小逃回心转意。当一辆辆汽车风一样从他车旁穿过时,他的嘴角露出一丝微笑,手中的方向盘轻轻一转,车身剧烈一震,一声巨响,那声音远远超过了他的想象。

丁刚没有到场,他在去法院的路上出了车祸,截肢了。这个玩笑,他开大了。

5

后来的事又变得简单起来。小逃的生活恢复了原样,忙前忙后做家务,伺候着瘫在床上的丁刚。小逃有时想想汤圆,但愿汤圆能遇到一个好人家,她看看这个连猫都不愿意待的地方,她却一辈子被困在这里。日复一日,年复一年,小逃的身体越发干枯瘦小。丁刚倒是没怎么变,他甚至每天都有着向阳花般的神采,好像灾难从不曾降临于他。有时他还开玩笑说:"小逃,你逃不了了,你要像我的儿子一样,为我养老送终。"

小逃说:"是我害了你,我不该起诉。"

丁刚说:"说定了,你要照顾我一辈子。"

小逃点点头。

丁刚抓起小逃的手,让小逃把耳朵凑过来,他要说悄悄话。家里没别人,丁刚却像怕被头顶三尺的神明听见似的,用气声说:"这辈子你就当我的儿子,因为我生不出儿子。"

丁刚说出了秘密,小逃似乎更迷茫了,接下来的日子她该干什么呢?

她每天空闲的时候,就靠着门框看院子里那些树,她想起汤圆捉鸟的情景。她忽然想,来生是不是也可以当一只猫?

张小元的爱情

张小元爱上了一个女人,而且马上要结婚了,这是张家村目前最大的新闻。这几天的张家村人像过年一样,每个人脸上都是喜庆的,似乎大家都新婚在即。

张小元都六十三岁了,还是处男。张小元要娶的女人,比他大十九岁。张小元和这女人上无片瓦,下无寸地,都住在敬老院。这三条信息连在一起,就有了一股神奇的力量,让整个张家村的人每天像中了特等奖似的兴奋着。

大家一见面,就关心张小元的婚事,好像张小元跟每个人关系都很密切,都是亲娘老子似的。张小元没有亲娘老子,亲娘老子都去世了,一个哥哥张大元也跟着父母去了。要说亲人,大概就只剩张大元的儿子张安了。但奇怪的是,亲人最不像亲人,这侄子张安自从听说了张小元的婚事,整天阴沉着脸,甚至远远看见大家聚在一起,他就用愤恨的目光打断他们的谈话。所以全村只有张安不谈张小元的爱情,不谈张小元的婚事。

- 张小元的爱情 -

张小元是张安前世的冤家。张安奶奶在世的时候，明显偏心小元这个儿子。因为张小元生来是一个残疾人，有好吃的，哪怕炒两个鸡蛋，奶奶最起码要分给张小元一个半的量。奶奶说张小元二十岁了，饭量大。可七岁的张安懂了，这不是理由，七岁的他难道吃不下一个鸡蛋？

张安熬到爷爷奶奶都去世了，以为出头的日子到了。哪知道父亲眼里又没有张安这个儿子，却把张小元当儿子似的养着。

一个炎热的中午，张大元让张小元在家午睡，却让张安跟自己去玉米田掰玉米。张安终于发作了，冲父亲嚷道："他没过上好日子，我就过上好日子了？他残疾，全世界都要给他让路了？那你怎么不把我生成残疾的？！"

张安这一发疯，一旁的张小元听后，嘴用力地努了几下，终究没吐出一个字来，红着脸走开了。张大元看看走了的张小元，再看看要造反的张安，一个脆亮的巴掌结结实实打在了张安的脸上。

张安捂着生疼的嘴巴叫道："你打呀，打呀，打死我呀！"张大元气得拎起张安的耳朵，让他到爷爷奶奶牌位前跪着。张安赖着，张大元一使劲，血就从张安的耳垂上汩汩流下。至今，张安左耳垂那里被撕裂的部分，还有一个豁子。如了张安的意了，牵强附会一点，张安也是一个残疾人了。

张安能不恨张小元吗？凭什么大家都宠着他？过去奶奶宠他，现在父亲宠他。张安老是被压着，从未当过"小少爷"。

张小元虽说是张安的叔，张安对张小元心里从来都硬硬的，连个伪善的表情都没有。现在张小元折腾出这等丑事,张安能放过他吗?张大元去世,张家就是他张安当家做主。张小元去领结婚证,张安没法阻止他,但张小元想在祖宗牌位前拜堂成亲,门都没有。

张小元知道了侄子的意思,到了结婚日,张小元依然去领结婚证。他和彤芳去当地派出所打了证明,坐上公交车,去了县城民政局。

民政局真是一个红火的单位,结婚的、离婚的都排着长龙似的队伍。如果不看门口牌子,你真不知道哪里是结婚的,哪里是离婚的。就表情而言,什么表情都有,有一对小年轻排在离婚的队伍里,两个人的头却挨在一起,笑嘻嘻地玩着手机游戏;就年龄结构而言,两队中什么年龄层次的都有。就拿张小元来说,他这年龄排在结婚的队伍里,是比较刺眼的,身旁的彤芳就更不用说了。众人的目光几乎都不避讳什么,齐刷刷地看过来,张小元浑身不自在,环顾四周。他发现大家都盯着他们看,而他的目光却不知道看向哪里,他唯一敢看的就是他旁边的准新娘。这准新娘看见张小元的窘态,忽然感觉到了自己肩上的担子,她布满皱纹的脸慈祥而沉静,她微笑着迎接所有人的目光。当她发现张小元久久地盯着她看时,她倒是新娘般红了脸。渐渐地,她又感觉到张小元在看她,不是因为深情,而是张小元的目光没地方放,她紧紧握着张小元的手。

最让张小元撑不下去的还不是众人的目光,是那办事员。轮到张小元领证的时候,张小元让彤芳坐到椅子上。办事员第一句居然问的是:"人呢?"就在张小元不知道回答什么的时候,办事员又自言自语"哦"了一声,接着就看他们带来的材料,看着看着,这办事员居然不懂事地笑出了声,张小元恨不得上去给她一个巴掌。

从民政局出来,张小元舒了一口气,他们终于是合法夫妻了。这之前,在敬老院,他们像做贼似的,偷偷地在一起。院长一直锲而不舍地干预这件事。院长明确表示,他不同意张小元和彤芳在一起。

院长每次找张小元谈话,张小元就只会说他已经答应彤芳了,不好说话不算数的。

院长急得跳起来:"你是皇帝老儿啊?金口玉言啊?"

院长说:"你如果不是我堂哥,我才懒得管你的闲事。她可以当你的妈了!她还能活几年?你就是找了一个祖宗伺候,以后够你受的。"

张小元觉得院长这话有些过分,斗胆回了这样一句:"她并没你说得那么老,她看上去和我差不多大。"

院长觉得张小元简直不可理喻:"你哪只眼睛看她像仙女了?!"

张小元还是那句话:"已经答应人家了,不好改口的。"

对付这死脑筋的人,院长没办法了,撂下一句话:"反正我不同意!"

张小元自从进了敬老院后,他觉得这敬老院的日子太舒服了,不愁吃不愁穿不愁住的,天天闲得慌。他一直是一个勤快的人,会闲出病来,后来他听说敬老院后面有手工坊。手工坊里所干的手工活在地方上称"包香"，就是将机器制作出来的檀香，用红纸包成一小扎一小扎的。这手工活不需要什么体力，张小元果断地去了手工坊干活。在他的带领下，敬老院里有几个身体尚可的老人都跟着去干手工活了。为这事，院长还专门开会表扬了张小元，可如今，张小元做出这等浑事，彤芳要负大部分责任。

院长私下里做张小元的工作："让我怎么说你好呢？你不知道别人说的什么难听的话。"

"让他们说去，我们真的什么也没有。"

"她向门卫打听过你，吃定了你忠厚老实。"院长不死心，试图从另一个层面说服张小元。

"她就是和我说说话，没有恶意。"

张小元说这句话的时候，他和彤芳是普通的熟人关系，至少在张小元心里是这样定位他们的关系的。

一开始，也许是彤芳太像母亲的缘故，张小元对彤芳不像对别人那么抵触。彤芳第一次来到张小元的宿舍，张小元请彤芳坐下后，给她倒了一杯水。彤芳的言谈举止，恰到好处的分寸，让张小元很舒服。本来从没接触过女性的张小元，跟一个女人独处一室会很不自在，可他不知不觉就在彤芳的话语中放松下来。此后，张小元做完手工回宿舍，彤芳就会去张小元那里坐坐。院长阴沉着脸出现在他们面前，可是数次下来，院长也没逮着什么青红皂白。想想也是，六十三岁的老头和八十二岁的老太太能做什么呢？何况张小元是多么君子，每次都是彤芳来找张小元说话，而张小元都是敞开门的。彤芳说的都是一些家常话，也不见什么出格的，基本上都是彤芳说，张小元听。

张小元和彤芳都各自坐在椅子上，椅子的距离也是安全距离。这情形让院长无话可说。

后来，张小元被叫去院长那里，张小元心里慌了，他和院长的对话，已经不那么理直气壮了。

当然他们之间还是没有什么，彤芳只和他谈到她以前的生活，彤芳在城里生活了几十年，可以算作城里人，但她又不是城里人。她年轻时帮人家照顾小孩，年纪大了，帮人家照顾老人。她回到农村以后，把在城里攒下的钱交给了儿子，儿子用这钱买了汽车，却开车出车祸死了。儿媳妇恨透了她，孙子恨透了她，她自己也恨透了自己。喝过农药，却没死成，洗肠胃比死还难受，她再也不敢寻死了。可她活着有什么意思呢？儿媳妇心情不好的时候，就夺下她的饭碗往鸡窝里一倒。她只能来敬老院。

"可在世上活着多么孤独啊。"彤芳这样说，"也只有你小元这么好的人让我遇见了，让我愿意活着。"

这句话张小元听着有点绕脑子，但张小元有感觉，知道自己被需要了。

张小元对这句绕脑子的话上心了，事实证明，这真的是一句表白。从这以后，张小元一做完手工，回宿舍的路上，心情总是特别迫切，因为他每次都能远远地看见彤芳等在他宿舍门口，看着他回来的路。这辈子，除了母亲，没有谁在意过他什么时候回家。有时候夕阳下的彤芳，真的可以用美好来形容。虽说彤芳年龄上可以当他的娘，可彤芳一直在城市当保姆，整体感觉还真的没有张家村的妇女老得快。她像最美的风景，等在他回家的路上。

不知从什么时候起，他们谈话的时候，张小元的门是虚掩着的。事情的走向渐渐暧昧起来，他们好像恋爱了。

院长有一次真的当场撞见了。院长去手工坊找张小元有事，结果没有找到。院长来到张小元的房间，也没人。院长气冲冲直奔彤芳的住处，好在门还是虚掩着的。院长门也不敲，就一头闯了进去，他看见了，看见了张小元在喂彤芳吃东西。

院长一进去，张小元手里的碗差点滑到地上，慌慌张张中，张小元说："她发热了。"

院长指着张小元的鼻子骂道："你有没有点脑子？"

张小元低头不作声。

院长又指指彤芳："还有你，你不是不知道张小元才多大，你们能在一起吗？你还勾……"

院长本想说"勾引"这个词，好在及时刹住了，改成了："你还让他照顾你。"

张小元急急地说："我是自愿的。"

院长平时责怪他，张小元什么都能承受。张小元从不顶院长的嘴，他张小元也就来到了敬老院才活得有点尊严。他觉得这敬老院他来对了，吃穿不愁，还可以做手工弄点小钱，敬老院里没有谁瞧不起谁，大家在一起很和睦。

院长这次怪到了彤芳头上，张小元觉得很对不起彤芳。

在这样的背景下，张小元决定跟彤芳领结婚证。敬老院不给开证明，张小元像一头犟牛，去派出所开了证明。

现在，领了证的张小元真会耍花样，要回老家拜堂。侄子不同意，彤芳说要不就算了吧。张小元说既然结了婚，就要给彤芳一个交代，不然百年归天后，彤芳葬在哪里？回家拜老祖宗，也是让老祖宗放心，他张小元娶了老婆，从此不再是一个人了。

这当了丈夫的张小元有了主见，有了担当，再也不像年轻时那样有勇无谋了。年轻时的张小元，就是一个不折不扣的二货，他不善言辞，凡事不分青红皂白，就用武力解决。他甚至因为一只鸡，坐过牢。

张小元家养过一只黑猫，这黑猫是捕鼠能手，所以它不需要什么猫粮，就能把自己养得肥溜溜的。这只健壮肥溜的猫，有一天心血来潮，玩起了一只好看的小母鸡，玩着玩着，小母鸡死了，黑猫像是知道自己闯了祸，愣在那里。恰巧小母鸡主人做工回来，见此情景，就去逮猫，黑猫"嗖"的一下就躲进了自家屋子的床底下。小母鸡的主人追过来，当时张大元正在家里抽着旱烟。张大元问明情况后，一再道歉，可是道歉有什么用，小母鸡主人要求一命抵一命。一命抵一命都是便宜了黑猫那畜生，小母鸡长大后可以下蛋，鸡蛋可以卖钱，小母鸡变成老母鸡后，不下蛋了，还可以卖给有钱人炖汤补身子。如此算来，这黑猫闯的祸还真不小。

张大元哪舍得宰猫，黑猫把家里的老鼠消灭干净，家里的粮食啊棉絮啊都不会遭殃了，床上啊锅盖上也不见老鼠屎了，黑猫功劳也不小啊。张大元肯定护着黑猫，小母鸡主人就自己去捉黑猫，双方推推搡搡，动起了手。刚刚从河里洗澡回来的张小元一进门，看见有人在对哥哥动手。他冲上去，一拳打在对方脸上，还没等对方反应过来，又是一拳打在肚子上，很显然这两拳都打在要害部分，那人立即软在了地上，张小元又上去补了几拳脚。张大元上去拉劝，对方伤得严重，为此，张小元进了牢房。

坐过牢的张小元性情大变，变得沉默寡言，变得胆小怕事。他回到村里，几乎不跟任何人说话。大家倒是非常友善地和他搭话，包括童年经常欺负他的那些小伙伴。一些问话，张小元不是摇头就是点头，要么就是笑笑。张小元不跟任何人讲话，却经常跟家里的鸡呀猫呀狗呀说话。也是啊，张小元如果再不找说话对象，他怀疑自己真的会成为哑巴。他没有任何想法地跟着哥嫂过日子，日出下地耕作，日落回家吃饭睡觉。多少年的日子就复制同一天的，丝毫不差。后来哥哥也去世了，张小元就去了敬老院。

张小元来到敬老院依然是半个哑巴，很少说话。但彤芳第一次来他这里串门的时候，他很惊讶，彤芳那笑容和长相太像他的母亲了。张小元对母亲的印象停留在母亲的六十一岁，母亲那年去世的时候，把张小元的手放进张大元手里，然后什么都不说，就从深陷的眼窝里滚下了大滴的泪。

母亲对张小元的不放心是有源头的。张小元生下来右手就是六根手指头，这多余的一根手指，长在右手大拇指的外侧，它比大拇指短小一些，像不请自来的讨厌鬼，赖在张小元的大拇指旁。母亲从接生婆手里接过张小元时，就发现了接生婆异样的目光。母亲几乎一下子就看见了那第六指。母亲摸了一下那第六指，像触电一样缩了回来，后来又像特别疼爱那第六指，母亲的手就在那第六指上来回摸着，像在抹去她源源不断滴下的泪滴。张小元不知道自己长得离谱，只象征性地哭了两下，就不哭了。

张小元的六指在他出生的第二天就被全村人知道了。张小元的父母急急忙忙地给张小元取了名字，母亲抱着张小元在村头走动的时候，都是"我们家小元"地说着。可村里人就是记不住"小元"这个名字，只要张小元一出现，首先触摸大家神经的就是"六指"这个词。奶奶不停地叹气，自言自语："这以后有苦吃了。"据说所有六指人都命途多舛。

果然，他在二十三个月基本学会走路的时候，他的右腿也已被确认，跟他的左腿不配套，比左腿短一些，且右脚越长越向外斜。刚学会走路的张小元，右脚每跨一步，都像踩在松软的泥潭里，深一脚浅一脚的，走一步身子向右颠一下，总像随时会向右摔一个跟头一样。至于跑步，张小元跑起来的样子就更搞笑了，他跑起步来，像不协调的跳跃，旁边看着的人都帮着捏一把汗，好像左脚会绊倒右脚，或者右脚会绊倒左脚。

后来村里人就说张小元有一个四个字的名字："六指瘸子。""六指瘸子"张小元到九岁才上一年级，上了一个月的学，他打了十个同学，这十个同学有的是学他走路的；有的是给他一拳就跑，还跑跑停停，嘴里喊着"有本事追过来呀"；有的是反复琢磨着他的右手，寻找他的第六指的；还有的叫他"六指瘸子"。第二个月他再也不去上学了。但不上学也没有用，小伙伴一到休息日，就在他家门口一齐喊"六指瘸子，六指瘸子……"张小元当然咽不下这口气，等张小元急颠颠地冲出家门，小伙伴便作鸟兽散，分散在各个方向，朝张小元招手"来呀来呀……"张小元是在被嘲笑和打架中长大的,他没有朋友,只有对手。

敬老院离张安的家有十几分钟的路程。张小元借了一辆电瓶车,载着彤芳。一路上,彤芳一直在问,万一张安就是不同意怎么办?张小元安慰彤芳,不管张安同意不同意,这堂他们肯定是要拜的。

张小元的电瓶车一进村头,张家村就热闹起来。张小元结婚的消息传到张家村已经有两天了,今天终于有了动静,张家村的人又兴奋起来。村民们比开大会都积极,人们聚在村头,夹道欢迎张小元夫妇。这场面让张小元骑车不稳,车头晃左晃右,人们拥着张小元的车小跑。张小元车速也慢下来了,慢下来的电瓶车更不好骑,再加上大家在一旁喊:"喜糖!喜糖!喜糖!"大冬天的,张小元额头上还是渗出了细密的汗珠。

张小元哪有心思买喜糖,领证后的张小元一直盘算着用什么办法能让张安松口,他想和彤芳跪在祖宗的金字牌位前拜堂成亲,没有这一仪式,就算领了证,这婚也只是结了一半,张家祖宗都堂堂正正坐在那金字牌位上看着张家后代呢。

自张小元记事起,家里大大小小的事都要向祖宗汇报。大到红白喜事,记忆中哥哥张大元结婚时,张大元借了一辆自行车把嫂子接回家后,二人郑重其事地在祖宗牌位前磕了三个响头,然后进洞房,算是完婚了。金字牌位代表着祖宗,祖宗是天,是神圣不可侵犯的神,具有绝对的权威。他张小元的事情祖宗知道得最多,小时候的张小元三天两头惹事,一犯错,父母就要他跪在牌位前,好像是要祖宗帮着教育这不成器的小子。跪着的张小元能干什么呢？他就盯着金字牌位看，金字牌位木质材料，高约三十厘米，宽约十五厘米，下面有一底座，牌位上黑底黄字。张小元常常想那字黄得那么闪亮，是不是金子做的？他很快否定了自己的想法，家里穷得连一件像样的家具都没有，哪会有这么多金子堆在那里。为这金字牌位，小时候的张小元问过爷爷，爷爷耐心地给张小元讲过这金字牌位。

这牌位是杉木的，"杉"和"上"音接近，暗喻家族的发展兴旺发达，积极向上。这牌位是做棺材的木匠做的，木匠先用杉木做这样一个有底座的牌位，然后用油漆和石灰调和在一起，压成饼状，再撒上金粉，刻字，最后将牌位涂上黑漆，将刻好的字贴上去。爷爷又告诉张小元这牌位上坐着三代祖宗，中间的是爷爷的爷爷的父亲，两边的分别是爷爷的爷爷、爷爷的父亲。

爷爷讲到这里，还轻声读了起来：中华民国二十二世祖耆考妣张公如海君、张门王如珍太之位，中华民国二十三世祖考妣张公如海君、刘氏孺人之位，中华民国二十四世考妣张公福贵府君、门冒老孺人之位。爷爷越读声音越轻，最后久久沉默。张小元看着沉默的爷爷，再看看牌位，金字牌位庄严肃穆，威严而令人敬畏。

以后的张小元无论是犯错，还是逢年过节，只要往祖宗牌位前一跪，就莫名地严肃起来。

大家嬉闹着来到张安家门口，那场面甚是喜庆。张安家没有张灯结彩，冷冷清清。张安像门神一样挡在门口。张安看见人们的那兴奋劲，心里直骂张小元：你张小元还好意思大张旗鼓地带着人回来,没看见大家在怎么取笑你?张家的脸真给你丢光了,我真是前世欠了你的。"

平时,张小元每逢春节也回来给祖宗磕磕头。张安也勉勉强强叫声"叔",说几句话。但今天,对不起了,张安十二分不满写在脸上。张小元装看不见,牵着彤芳的手,要进家门,并且对张安说:"这是你婶。"

张安没看婶,也没吭声,就看着张小元。当张小元和彤芳要一起进门的时候,张安伸出手臂挡在了两侧的门框上。张小元意欲再次强行闯进,张安手臂上增加了些许力气。张小元捏紧拳头,要揍张安。张安毫不示弱,身体向前挺了挺,迎了上去。

彤芳赶紧拉着张小元往后退,张小元看看张安,看看彤芳。彤芳笑容荡漾,丝毫不见委屈。看着彤芳这笑,张小元心里越发难受。他让彤芳站在原地,自己一瘸一拐地进屋去。张小元一个人进屋,张安不再阻拦。

张小元搬了一张椅子,急火火地向外走去。在着急的情况下,他那腿就瘸得厉害些,走相很不好看。他在新娘子面前,像不要面子了,可见他心里肯定是着火一样的急。张小元把搬出来的椅子,放在彤芳身后,让她坐下。接着又进屋搬来一张椅子,他这是干什么?难不成自己也和彤芳一起坐着打持久战,逼张安就范?

张安随他叔怎么折腾,怎么进进出出,叔叔是有资格进家门的。张安就静静地倚靠在门框上,冷眼看着。这叔侄俩像在演哑剧,很有看头。

张安家门口已经被围得水泄不通。全场静悄悄的，包括抱在怀里的小孩。他们一个个像在看电影，都被这精彩的情节吸引住了。

张小元在刚刚搬来的一张椅子上，放上了祖宗的金字牌位和牌位前的香炉。张小元又去厨房洗净了双手，接着，在香炉里上了三炷香。他拉着彤芳在祖宗牌位前的地上跪下了，他们一起磕了三个响头，那神情庄严得让所有人屏住呼吸。

就在他们磕第三个响头的时候，一只乌鸦从空中投下一粒鸟屎，正好落在香头上，燃着的香头发出"吱吱吱"的声音。张小元抬头看见了那粒鸟屎，他表情立刻变得很复杂，像绝望，像愤怒。

彤芳却像没有看见那粒鸟屎，表情没有变化，到底是城市里待过的人，见什么都不惊不乍的。这时人群里骚动起来，大家都在小声议论着什么，继而就像有人暗地里指挥似的，人群迅速散去。

张安走过来用气得发抖的手指着鸟屎说："你看见没有！祖宗都在阴间急得跺脚呢！你把这弄干净！"

张小元什么也没有说，他看着那三炷香愣了一会儿神，然后果断地拔出那三炷香，扔得远远的。他又重新上了三炷香，继续让彤芳跟他一起，又磕了三个响头。

他磕完头，向空中看去，像是在向乌鸦宣战：有本事你再干这缺德事试试。

乌鸦没有生他的气。它在他们头顶上盘旋几圈，看着他们磕完头，"呀呀呀"几声飞走了。

这神不知鬼不觉的预兆,让后来的张小元还不得不信,像是老祖宗给他提的醒。结婚后的第八天,彤芳被查出患上了肠癌。

张小元像早有准备似的,没有怨言,一个好丈夫就此诞生了。院长看见他忙前忙后,就说张小元是自己找罪受,活该。

隔三岔五总有人去看看彤芳,表面上是关心彤芳的病情,暗地里却是去看张小元。有人看见张小元给彤芳洗脚,彤芳的脚算得上天下奇脚,脚掌和脚背几乎找不到一块大拇指大小的完整的皮肤,她有严重的脚气病。张小元给彤芳洗脚,是用手去搓洗的,一旁看着的人都头皮发麻,难道就不怕传染到手上吗?张小元却非常细致地给彤芳洗着,还用了肥皂,好像他摸着的是十八岁大姑娘细腻嫩滑的皮肤。

有时候,又有人看见张小元在给彤芳剪指甲。他让彤芳拿着放大镜,一个放大镜让这剪指甲变得与众不同。他剪指甲的认真劲儿,在这放大镜的配合下,像在搞科研。

张小元的这种照料,带给彤芳的是喜忧参半。她看看自己的脚,看看张小元的专注劲儿。

彤芳说:"小元,我害了你,你上我的当了。结婚前我就知道我这病了,我一开始就是想找个你这样可靠的人最后照顾我的,你是个倒霉蛋。"

张小元说:"既然你跟了我,就是我的人,我理应照顾你。"

张小元帮彤芳端屎端尿,擦身子,什么活都干。他用自己做手工的钱,给彤芳买好吃的,他自己天天吃敬老院里的饭菜,买的所有东西都省着给彤芳吃,省着省着,有些东西就馊了。即使这样,张小元从没对买来的东西动过筷子。用他的话说,要照顾彤芳,就没时间做手工,钱用一个少一个,万一钱用光了,就没钱买东西给彤芳吃了。

这样精打细算过日子的情况下,张小元还给彤芳买爽身粉,每次给彤芳擦洗身子后,必要的地方,张小元都给彤芳用上香喷喷的爽身粉。彤芳说她死后会心满意足地闭上眼睛,她想到的和想不到的,张小元都给她做了。

在他的精心照顾下,彤芳活了一年多。彤芳看见张小元累的时候,也让张小元不要那么辛劳,比如擦洗身子啊换衣服啊,没必要那么频繁。

张小元哪听她的,仍照顾得一丝不苟。每大小便一次就洗一次,衣服一天换两次。敬老院里发的衣服不够换洗,他去镇上买。他像有使不完的劲,他总是对彤芳说,他不累,这照顾人,比一个人孤单着强多了。他孤单了几十年,几十年黑夜里从没有人陪他说过话。在无人的黑夜里,他对着星星说话,对着树叶说话,对着墙壁说话。总之,他可以对着任何物体说话。现在他照顾彤芳,虽说累点,但不孤单。

彤芳毕竟这么大岁数了,大病一来,基本就意味着是人生的句号,她没能扛住。

彤芳火化的时候,张小元哭得跟孩子似的。

彤芳的骨灰盒要葬回张家田地,这又是一场风波。张安坚决不肯,张小元说:"那你说说吧,我死后要葬在哪里,我把葬我的地方给她用,我死后骨灰直接倒进河里,这样还不行吗?"

话说到这份儿上，张安还真不知道怎么回答了。张小元找了一块风水宝地，葬了彤芳的骨灰盒子。同时，张小元还花钱买了一块碑立在那里。

张小元在彤芳墓地旁整整坐了一天，没有说一句话，也没有吃东西。

太阳在西山头渐渐放大，余晖落满整个山头，张小元就看着它慢慢地、慢慢地往山里落去。

张小元站起身，双手捧着彤芳简易的牌位，向张安家走去。黄昏的乡村，到处是落幕景象，鸡鸭鹅都向着自己的窝走去，只有狗像流浪者，在村头晃来晃去，一只大黄狗看见了张小元。张小元的走路姿势，像随时要从地上捡一根棍子，大黄狗觉得自己随时都会被攻击，朝张小元叫了起来。

四面八方的狗像听到号令，都赶过来了，它们站成稀稀拉拉不规则的队伍，一会儿齐声叫，一会儿轮流叫。张小元像一个久经沙场的士兵，根本不理它们，他一瘸一拐的步子那么镇定。有些村民听见狗叫声，探头朝外瞅瞅，他们看见了捧着牌位、目光安然的张小元，村民们佯装喝退自家的狗，不远不近地跟在张小元的后面。其实狗们发现张小元目不斜视，大部分也都没了兴趣，有些又到别处忙去了。

人狗混杂的一支队伍由张小元领头，浩浩荡荡地向张安家走去。张安早就站在自家门前，他眼珠子都快掉出来了，愤怒使他的鼻翼在急速地翕动。

管他长辈不长辈，今天是绝对不允许他把这牌位放进门，要是来硬的，他张安是要出手的。

按现在农村里的习俗，牌位和过去的不大一样了，无论是做工还是牌位上的内容都没有过去讲究了，风水先生用一块长方形的小木条，为死者做一个牌位，上面用毛笔写着某某某之位就可以了。死者家属把牌位往堂屋的正中央柜子上一放，死后三年，每天早上和中午都要盛饭供着，晚上烧纸钱。

这牌位别想进家门，更别想让我供她三年的饭。张安狠狠地想。

看张安那架势，看张小元那坚定，一场风暴即将来临，村民们既不安又兴奋。

一年前的阵势又在眼前，这次有所不同的是，未等张小元到门口，愤怒的张安先上前几步，他的脸几乎是要贴着张小元的脸了。张小元后退一步，看着张安。

张小元用左手托着牌位，腾出一只右手。张安见此情形，急速地暗地里使劲，把劲头运到拳头上，准备随时还击。几条狗围着他俩转来转去，还叫上几声，像啦啦队。几个围观的村民也在犹豫，接下来该不该上去劝架。

他们就这样久久地对视着，静默的场景，几条狗吓得不敢出声，空气像是凝固了。张小元一声叹息，给这凝固了的空气撕开了一条口子，他从口袋里拿出了仅剩的八千元现金。

张小元说："我没有儿女，就你这么一个侄子，钱我也没地方用了，我剩下的日子数也数得过来了。"说罢，把钱往张安手里一塞，"这牌位我带去敬老院，我还要天天给她端饭碗呢。"

张安手里抓着一沓没处安放的钱，看着张小元渐渐远去的背影，越来越模糊，最后化在了尘埃中。

蓝色日记本

离春节只有一个月,离结婚只有两个月,夏荣怎么也想不到,自己居然进去了,戴着铐子进去了。

事情小得只有芝麻大,可夏荣说那是大事,天大的事。

夏荣被带上警车的时候,头扭着向后看。汪月一直在原地,她快站不住了,就蹲下去,蹲下去的汪月索性将两腿往地上一跪,整个人团在地上,她两手狠命地抓地,坚硬的水泥地上,她什么也没有抓到,指甲缝里出了血印子。

夏荣脸上的血迹已经干了,他看着缓缓软下去的汪月。夏荣汩汩的泪水在满是污血的脸上,杀出两条血路,毫不留情地落在汪月前天帮他买的凯撒牌羽绒服上。

汪月和夏荣都是桐梓县人,且是高中同学。汪月高考落榜后,只身来到锡市打工。上了大学的夏荣每天给汪月发邮件,一天一封,甚至一天几封,他发誓大学毕业后一定要到锡市工作。

汪月落榜,夏荣愧疚。要不是夏荣赖着汪月谈恋爱,汪月一定会考上大学的。可谁让汪月那么漂亮呢?谁让她是校花呢？

实际上，命运很帮夏荣的忙。夏荣大学毕业后如愿以偿来到锡市，且征服了汪月，让她同意嫁给自己。

汪月本不同意和夏荣谈恋爱，汪月在锡市是一个餐厅端盘子的，做的是伺候人的工作。夏荣是公务员，坐办公室的，可坐办公室的夏荣每晚心甘情愿风雨无阻地接端盘子的汪月下班，接了半年，汪月的心一天天软下来。最终让汪月决定嫁给夏荣，是夏荣的一次发烧。夏荣有一天晚上发烧发到接近四十度，还坚持去接汪月。汪月看见夏荣走路摇摇晃晃，才知道夏荣生了病，赶紧陪夏荣去了医院，四十度吓傻了汪月，汪月就是那时决定嫁给夏荣的，一个为了自己连命都不要的男人，全世界只有夏荣一个。夏荣当晚在医院输液退烧后，被汪月带去了自己的宿舍。

两个异地人在锡市生活很艰苦，省吃俭用攒钱买房。为了省钱，租简陋的小平房，连空调都没有。

这简陋的小平房，有欢笑，有泪水，还闹了一个哭笑不得的笑话。那是一个夏天的夜晚，小两口欢愉后隔着纱窗看月亮。窗前的树影影影绰绰，有风伴着月光飘进小屋，一切都刚刚好，适合深情。小两口回忆着高中时的青涩，汪月认为那段岁月最美好。夏荣则认为那时太虚，还是现在这样更幸福。拥抱着，闲谈着，最后两人达成统一意见：这两种时期的感情都需要，缺一不可。情意绵绵后两人就睡着了。

这个静谧又美好的夜晚，一小贼来凑热闹。

是汪月先醒来的，汪月不知是被什么声音惊醒。汪月刚睁开眼，借着月光，她看见有人用竹竿从窗户伸进来，挑着夏荣的裤子。月光下,只见窗外有一个黑影,还有慢慢向窗口移动的裤子。这情形似有一股魔力,让汪月莫名其妙地屏住呼吸,像在配合小贼。眼见裤子快到窗口了,小贼快得手了,汪月才回过神来,用力推了推身边的夏荣。夏荣迷迷糊糊地醒来,问了声:"怎么了?"

估计小贼也听到了这声"怎么了",他不再小心翼翼,"呼啦"一声,迅速拿下竹竿上的裤子,风一样飘走了。夏荣转头向窗口看去,已明白怎么回事,不假思索,下床去追,他刚开了半扇门,又轻轻掩上。他一丝不挂呢,怎么追?

等夏荣重新找裤子穿上,也没有追贼的必要了,小贼早逃得无影无踪。

后来他们就关紧窗户睡觉。大热天的,电风扇"呼呼呼"地吹,汪月常常睡不安稳,但日子再苦也都熬过去了。

他们终于凑到了首付款,有了属于自己的新房,小是小了点,可装修简约,家电齐全。

很快,结婚的日子也选好了,夏荣出了这档子事,说起这事的源头,也不算多大的事。

汪月那晚刚下班,和往常一样,夏荣已在饭店大厅等她。巧的是,汪月在电梯被一个醉酒的顾客缠着。电梯门开了,汪月急急地刚出电梯,那顾客一把拉住汪月,还没等汪月反应过来,一个吻就落在汪月的脸颊上。

这轻狂的举动,看得夏荣的眼珠子直冒火。夏荣冲上去,醉酒的顾客给了夏荣一拳,夏荣还了一拳,可是拳头几乎才碰到酒鬼的脸,还没有发生力的作用,酒鬼就仰面倒地,昏厥过去,不省人事。

　　形势对夏荣很不利。夏荣进了看守所，醉酒的顾客被送去了医院。

　　夏荣就这样从一名办公室的科员成了一名囚犯。

　　看守所的生活艰苦得让夏荣很不适应，很多睡不着的夜晚，夏荣除了思念汪月，还反反复复想，事发当天，自己是不是太过莽撞了？但夏荣不后悔那天的一拳，他觉得那是最能体现他爱汪月的里程碑式的行为。

　　夏荣所在的二号监仓有十个人，十个人被分成五组。夏荣和老鲁一组，夜里每组都要值班两小时。二号监仓除了老鲁，其他人还算守规矩。老鲁是书法家，也不知道犯了什么事进来的。这个老鲁每次值班都不定神，他听见谁鼾声最响，谁睡得最香，他就悄悄捏捏人家鼻子，非把人家捏醒不可。被整烦的人自然是要报告值班民警的，老鲁还偏偏说是夏荣让他这样做的，两个人都免不了被民警训一通。夏荣也问了老鲁，为什么这样做？为什么把他拉下水？老鲁说是在帮夏荣，值班太无聊，这样是打发时间，被民警训两句，总比听着别人的鼾声强。

　　比老鲁心态好的人真不多。在监仓里，老鲁一有空，就用毛巾蘸水在墙上练字。所长知道后，派人买来笔墨纸砚，让老鲁写一幅书法作品看看。老鲁写了王羲之的《兰亭集序》，这幅书法作品写得相当成功。既有老庄哲学为基础的简淡玄远，又有儒家的中庸之道为基础的冲和，非一日之功。不几日，看守所所有人都知道了老鲁，因为老鲁的书法作品在看守所的墙上挂得随处可见。

老鲁犯的事也不算大，夏荣进来的第十三天，是老鲁出去的日子。夜里，睡在夏荣右边的老鲁在木板床上翻来覆去，唉声叹气。老鲁看见夏荣在黑夜里睁得大大的眼睛，就和夏荣搭话，老鲁说自己不想出去，还是在这里好，心更静，更能提高他的书法水平。

　　夏荣不搭理老鲁，不想出去，听起来真够矫情。夏荣一句话也没有说，一个翻身，背对着老鲁。夏荣想：如果自己现在能出去，用海子的话说，从此喂马、劈柴，也是幸福的。在这看守所，就算真的能成为第二个王羲之，他也不稀罕。这么一想，夏荣的泪就下来了。

　　最难熬的是待判的日子。其间，按规定犯罪嫌疑人是不可以见家属的，夏荣见不到汪月，对醉鬼的病情一概不知。说实话，夏荣的命运就系在醉鬼的阳寿上。万一那是一个短命鬼，阎王爷正好要收他，而夏荣是冤大头，正好去摸了一把要死的人，就被赖上了，那夏荣就是倒霉鬼。这个问题夏荣每想一次，心里就慌一次，每慌一次，就安慰自己一次。

　　夏荣惶惶不可终日，都进来二十天了，醉鬼情况如何，他夏荣又被如何判罚，一直没什么消息，问值班民警，他们都让他有点耐心。可是耐心这种东西，像夏天的雪糕，总是那么自然而然地悄悄地一点一点变小。

　　夏荣一天天瘦下去，整天晕乎乎的，他估计自己熬不到那一天，熬不到他出去的那一天，就会自然消亡。

　　二号监仓最帅的小宋昨天被执行死刑了。小宋被带出监仓时，凄惨的哀号声，听得夏荣浑身发冷。小宋完全是被工作人员拖出去的，他腿软得走不了路。可刚被拖到门口时，小宋又不知从哪里来的力气，腿死死勾住门框，等工作人员的注意力在他腿上时，他又狠狠咬了工作人员一口，但一切反抗都是徒劳的，人终究还是被拖出去了，地面上留下两行湿湿的让人不寒而栗的水印。那么年轻那么帅的一个人，居然用小便失禁与这个世界告别。监仓里其余九人都望着那水印，沉默着。

那一夜，夏荣睁眼到天亮，恐惧，无边无际的恐惧。一种奔腾的毁灭性的哀伤，裹挟着他。这一夜他问了自己许多如果，如果醉鬼死了，他会被判死刑吗？如果被执行死刑，他会怎样？他当然无数遍地告诫过自己，切不可像小宋那样，可到时候是什么样，自己能不能做得了自己的主呢？夏荣一点把握都没有。那一夜，二号监仓里的九人，只有小章一人安稳地睡觉，其余的人都惊魂未定。有两个人被噩梦惊醒，有三个人说梦话，还有两个人则是不到半小时就翻身一次。

小章睡得香，是因为小章刚刚被提审了，提审的内容可以说是一个好消息。小章是因为受贿进来的，收了某某红木公司老总送的一套红木家具。那老总因为行贿也进来了，据老总交代，他这红木公司有部分是假货，送小章的那套家具是假的。怎么是假的呢？搬起来死沉死沉的，是薄薄的一层仿红木皮里面包着沉沉的水泥呢。后来有关部门把小章家里抄的红木家具搬出来验货。既然知道不是真货，搬起来也就不那么小心，结果在搬的过程中就有一把椅子榫头处断裂，露出了带有戏剧色彩的水泥。小章被提审时听到这消息，来不及愤怒，已是满满的感激了，感激老总的欺骗。

夏荣在看守所除了想汪月，还常常想另一个人，那个前世相欠的冤家——醉鬼。醉鬼无疑是夏荣现在最恨的人。可是恨又怎样？夏荣不还是常常为他祈祷？祈祷他别出什么事。但问题是，夏荣怕什么就来什么，这醉鬼生来像是拿夏荣的人生开玩笑的，居然死了。

在夏荣进来快三个月时，夏荣被提审了。经法医鉴定，酒鬼有心脏病史，夏荣属于过失致人死亡罪，被判有期徒刑三年。

十日后，夏荣被押往锡市监狱，关在了九号监舍。

次日，汪月可以探监了，带来的物品，经一一审查，蓝色日记本不可以留下。

隔着玻璃，汪月戴着口罩，两个人拿着话筒，什么话都说不出来，只一股脑儿地流泪。

最后是夏荣先开口，让汪月不要担心，就三年的时间，很快的，很快就会过去的。汪月在口罩里叽里咕噜说了什么，夏荣听不清楚，他让汪月摘下口罩。汪月拿出日记本，从第一页翻起，贴在玻璃上，给夏荣看。汪月就是不摘下口罩说话，只是静静地流泪。

1月18日 阴

荣荣，看来世事真的都有因果。就像你上大学时那样，现在换成我天天给你写信了，只是无法邮寄，但这个有什么要紧呢？我会天天给你写，写在这日记本里，一直写到你出来为止。

记得你说过，你最喜欢蓝色。

我知道，这一生欠你的，这辈子还不清。只盼着你早点出来,我好尽快赎罪。

我们的妮妮,昨夜"喵喵喵"地叫了一夜。我和它都没有睡觉,我们都在等你,彻夜等你。

爱你的月

夏荣看完日记,看着汪月,也是只会流泪,说不出一个字。汪月把日记本翻到了第二页。

1月19日　阴

荣荣,今天和昨天一样,我又去了看守所,窗口工作人员说,还是不可以见你,我心口很疼。

我能为你做点什么呢?

我的心口为什么会那么疼?那么就让我把你放在我的心口上。我去文身了。我把你名字的拼音,文在我左边胸口上,拼音是黑色的,下面又文了一朵娇艳的红玫瑰,很好看。

我就那样把你放在我的心口上了,帮我文身的女孩看见我哭了,问我是不是疼,我说很疼!

爱你的月

看到这里,夏荣居然很想看汪月的文身。

1月20日　雨

荣荣,我休息了两天,今天去上班,被老板辞退了。我没有追问理由,只在你每天接我的大厅里站了一会儿,让我在美好的昔日里再站一会儿。然而，所有的美好都淹没在两天前让我战栗的场景里，我快速离开了那里，这辈子也不想再到那里。

我回去的路上，遇到一群"疯狗"，伤了我的脸，但我没有还手。那人死了，他家人疯了似的把我给揍了一顿，也是应该的。

脸上好疼，今天就写到这里吧。

爱你的月

夏荣无心再看日记，他知道汪月为什么戴着口罩了，看来伤得不轻。夏荣求汪月拿下口罩。

汪月就是不肯。两人这么争执着，半小时的探监就这样过去了。

夏荣让汪月好好养伤，他挺好的，一切都适应。

其实夏荣哪里能适应，就说饭菜，大年初一，大家以为会有点不一样的，结果到吃早饭时，从头顶凉到脚跟，还是稀饭和咸菜。有一个犯人当场就把饭盆砸向了打饭菜的工作人员。

身体发出了想吃大肉大鱼的信号。这大年初一的稀饭和咸菜践踏了自身的尊严，悲凉从夏荣心底涌起。

遭受什么苦难，夏荣都要扛着。夏荣不能死，他要出去娶汪月，还要出去看那日记本，看汪月的苦，看汪月的爱。

监狱的日子苦不堪言。才开春不久，不知名的小虫就出来作案了。监舍里木板床有潮湿的腐朽的味道，木板床缝隙里有小虫爬出，是司空见惯的事。小虫的第一次来访，是一个深夜，夏荣睡得正沉，恍惚中脖子上痒痒的，浅疼浅疼的。夏荣睡意正浓，迷迷糊糊伸手去摸，摸出一条十几毫米长、背部黑褐色、头上长着触角的家伙。夏荣被这家伙吓得一下子跳起来，当然小虫也被扔出去老远。那虫子瞬时变成了一个小团，在床板上滚了几滚。值班民警听见夏荣的惊叫，也赶紧过来了，一看，手一捏就把小虫拿走了。同监舍的也有几个醒来了，大家弄清楚原来就是一只鼠妇虫（南方又叫西瓜虫）时，有些失望，都责怪夏荣吵了他们的觉。老杨嘟哝一句："等你被老鼠咬了，就知道西瓜虫不算什么。"

夏荣愣愣地坐在床上。他想起了他和汪月住出租屋的时候，夜里起来捉过老鼠，可那时夜里捉老鼠，就像在玩游戏。他记得他们打死那只老鼠后，庆功似的，酣畅淋漓地做了一场爱。

夏荣自打遇过一只鼠妇虫后，身上就莫名其妙地出红疹子，他甚至有一夜没睡觉，就想逮住一只鼠妇虫，狠狠地踩碎它，但那一夜他一无所获。第二天他左腋下又出现了新的红疹子。

就在夏荣觉得这日子都过不下去时，又到了汪月探监的时间。汪月带来了许多衣服且都是新的，她哪来钱买衣服的呢？他们俩的积蓄都在那新房上了，这个夏荣是清楚的。

和上次来时一样，汪月还是戴着口罩，现在都已经是春天的尾声了，戴着口罩有点怪异。

但不过这次汪月戴着口罩说话，比上次清晰了，估计上次是带着伤。

汪月说，惊险呢，今天差点来不了。汪月的爸妈找来了，她父母发誓捆也要把女儿捆回去。汪月绝食了两天，父母才软下来。怪不得呢，汪月父母来了。夏荣暗暗责备自己，还怀疑汪月买衣服的钱，太不敞亮了。

夏荣惦记着汪月的伤，他迫切想知道那帮"疯狗"把汪月伤成哪样了。

夏荣坚持着要汪月拿下口罩，汪月不肯。他们僵持着不说话，探监的时间是何其宝贵，这样的浪费几乎让彼此窒息。

最后汪月让步，说只给夏荣看一眼。虽说夏荣早就有了心理准备，可亲眼看见时，还是被惊到了。

时间过去四个多月了，汪月脸上的刀疤已经完全愈合。那疤痕像一个赖皮或是一个轰不走的魔鬼，挂在汪月左嘴角上，那么长那么宽，与汪月的双眼皮大眼睛及笔挺的鼻梁，极不配套。

汪月已重戴上口罩好一会儿了，夏荣还是盯着汪月的左嘴角，好像那口罩是透明的。夏荣的目光硬邦邦的，呈现难以名状的悲伤，魂不附体大约就是这等模样。

夏荣的哀伤坠到谷底，再返回到平地后，"哇"的一声趴在窗台上失声痛哭。值班民警走过来，让夏荣控制住情绪。

汪月看着夏荣，急切地翻着日记本，她把日记中二月的某一天贴在玻璃上。

2月14日 晴

荣荣，今天是情人节。从窗口望去，满大街的喜庆男女，满大街的手捧花。记得去年的今天，你也要买一束鲜花送给我，我没肯。一束花能买两块地板砖呢，后来你用买鲜花的钱买了肉和鱼回家。那个没有鲜花的情人节，我们有肉有鱼，一样开心。

我确定我是爱你的。这些天我度日如年，每一秒都漫长如牢狱，可我走不出对你的想念。所有爱着的人，都把自己和对方囚了进去,这是甜蜜的苦役。我最近喜欢的一首歌《往后余生》:"往后余生,风雪是你,平淡是你,清贫是你,荣华是你,心底温柔是你,目光所至也是你。"

只是我这脸,你还会爱我吗?

爱你的月

这次看日记的夏荣,很显然没有上次专心。看完日记,他又盯着汪月的左嘴角。汪月就让他盯着,也不翻日记。两个傻乎乎的人儿,把时间耗在了这一段空白上。

工作人员把夏荣拉走了,汪月还把她的日记本贴在玻璃上。汪月看着夏荣的背影,痛彻心扉地喊了一声:"荣荣!"

当然夏荣是听不见这喊声的,可他有感应,回了头,远远地看着戴着口罩的汪月那么无助。夏荣暗下决心,他一定要好好活着,一定要护汪月一生。

夏荣每天劝说自己,和所有人所有事妥协,他不想自己疯掉。不能像昨天刚从三号监舍调到这里来的老黄,据说老黄都快住遍这里所有的监舍,可每到一个地方,老黄总觉得有人动过他的杯子,总觉得有人在他的杯子里做手脚,然后老黄就开始绝食,不换监舍他就绝食,但换一个监舍不到两三天,老黄又疑神疑鬼起来,就连夜里说梦话,也说有人要毒死他。

好在还有个盼头,那就是探监的时间。夏荣回忆以往的两次探监,感觉他和汪月说的话太少了,印象最深的就是那声"荣荣"!汪月那么意犹未尽,那么苦楚,她到底要说什么?这次不能把时间浪费在对视上,他要对汪月倾诉,倾诉他对她的思念。

家属可以探监的这天，夏荣焦躁万分地等了一天，没有等到任何消息。

汪月没有来看他。

时间缓慢，蚊虫拥挤。夏荣心里纷乱如麻，就如白炽灯下飞舞的蚊虫，乱飞乱舞，却找不到出口，一片混沌。偶尔有蚊子在夏荣裸露的手臂上叮一口，夏荣也不理会，有生物侵扰也是好的，总比没有人理会好。夏荣忽然想找人打一架，此念头一生出，便刻不容缓，他莫名其妙地向邻床小章的肚子上抡了一拳。小章身体本能一蜷，刚刚醒过来的小章不知道是怎么回事，夏荣又向小章的肩膀上送去一拳。这下小章怒吼着扑上来，小章反击的时候，夏荣却不还手，被打又如何？疼痛又如何？值班民警很快拉开了小章。

夏荣先是被关禁闭，后被拉到民警值班室谈话教育。三句两句下来，民警明白了夏荣这举动的源头。他们劝慰夏荣，让他想开点，家属有特殊情况不来探监，也是正常的，不一定每个家属每次都会来。

日子再寡淡，也要活下去。这种寡淡的日子，夏荣只能不停地怀旧再怀旧。

从前，无论吃的穿的，汪月总是把夏荣照顾得妥妥的，经常给夏荣买衣服。她总说，夏荣是坐办公室的，要穿得体面些，她一个服务员，酒店一年四季都发工作服，买很多衣服穿不了也是浪费。下班后的汪月除了包揽所有的家务活，空了还帮夏荣捏捏肩颈，她把夏荣当孩子一样宠着。这么好的汪月，肯定是有特殊情况，不然肯定会来看他的。

可是事情蹊跷开了头,像上了瘾,收不住口,又一次的探监时间,依然不见汪月,到底怎么回事,谁能告诉夏荣?

夏荣彻底垮掉了。放风的时候他像雕像,往地上一坐,仰望天空,好像天上会掉馅饼下来。有人拿苹果核扔他头上,他都不回头看一眼,更有甚者朝他身上泼水,他也不回应。于是,同舍的人也不再和他打闹。

九号监舍这个月又出去了两个,夏荣不再羡慕。很多天,夏荣一直在回忆着他们的最后一次相见,回忆着每个细节。如果汪月的一次不来是偶然,那两次就是必然了。

对的,是日记的最后一句话:"只是我这脸,你还会爱我吗?"夏荣当时怎么就没有想到回答日记本里的内容呢?这还用得着回答吗?她怎么就不懂他的心呢?

三次了。汪月三次都没来,看来汪月彻底误会了夏荣,夏荣绝望了。

汪月都抛弃了他,那么该是他丢弃生命的时候了,夏荣心里像着了火一样睡不着。他该如何死呢?所有可能致死的东西,监舍里一样都没有。生不容易,死又谈何容易?

半夜,夏荣进了卫生间,他铆足了劲,一头向墙上撞去,"咚"的一声,夏荣应声倒地。

可老天不会成全夏荣,监狱里的医生过来做了临时的止血处理,夏荣很快被送进了医院。

夏荣当然没死成,在医院观察了几天,又回到了监狱。这种有惊无险于夏荣又有什么意义呢?无非还是无望地活着。夏荣夜里做了一个梦,他梦见死去的爷爷跪在醉鬼的老婆面前,求她救救他孙子。可爷爷和他阴阳两隔，如何救他？

就在又一次放风的时候，就在夏荣又坐在地上呆望着天空的时候，天上真的掉馅饼了，一下子砸向夏荣。醉鬼的家属像是真的被夏荣爷爷附魂一样，主动提供谅解书，替夏荣求情。

仅一年时间，夏荣就被减刑了，变成了缓刑三年。这事轻而易举得让夏荣怀疑人生，很明显，除了汪月，没有谁会帮他。可汪月是怎么做到的呢？

夏荣走出监狱的那会儿，当监狱大门向他敞开的那一刻，夏荣心情大好，有了重生的感觉，但外面除了空气和阳光，并不见汪月。他不甘心地四下里看了又看，连一只苍蝇飞过，他也要盯着好一会儿，好像期待苍蝇是汪月派来捎话给他的，可是四周一片寂静，不见风吹草动，寂静得连阳光都是冷的。夏荣浑身抖得不行，他倚靠在墙上，民警过来了，问要不要帮忙。夏荣对民警说声"谢谢"，背上汪月给他买的双肩包上路了。

监狱在郊区，夏荣没有手机，没有钱。如果按夏荣现在的速度，估计要走上半天，才能到家，但不要说步行半天，步行半年，也比在监狱强。

一辆电瓶车从夏荣旁边飞驰过去，夏荣一惊；一辆小汽车"嗖"的一下向前冲去，还在几米开外，夏荣也要一惊。偶尔一两只飞鸟在高远的天空悠悠地飞，夏荣抬头看看它们，像看见了老朋友。在监狱的这段时间，放风的时候，飞鸟倒是看见了不少，夏荣心里滋生了些许宁静。他生命的密码似乎还在监狱，还没有缓过神来。

夏荣就这样沮丧地往家里走，又不靠谱地生出些妄想，但每个妄想都不完整,刚要往深处想,就硬生生地被夏荣掐掉。

开门的那一瞬间,夏荣热泪盈眶。右手边的厨房里,桌子上有三四个菜,很显然是汪月做的。夏荣把包往地上一扔,"月月""月月"地喊着,没有回应。他来不及换拖鞋,冲向了卧室,又冲向了卫生间,两个卧室一个卫生间都找遍了。他甚至打开了衣橱,说不定汪月想给他惊喜呢?

没有,什么也没有。家里整整齐齐的,夏荣感受到的是浩浩荡荡的空落。

夏荣跌坐在床上,沮丧中,他看见被子上放着那本蓝色日记本。夏荣抓起日记本,日记写到最后一页,整整一本都写完了。

最后一页——1月15日,不就是今天吗?

夏荣从今天的日记开始读起。他想:又做饭,又写日记,怎么就不去接我的呢?

1月15日 晴

荣荣,今天是你出来的日子,我已经兴奋得好几夜没睡着觉了。这是我最后一次给你写日记。荣荣,你说巧不巧?日记本刚好写完的这天,就是你出来的时候。早知道当初我买一本最薄的日记本,你可以少受多少苦啊。

荣荣,不要找我,我明天就要结婚了。他很好,是你我的恩人。他做到了一切,我也要信守承诺。你找个好姑娘结婚,这辈子我欠你的,下辈子还。

右边的床头柜里,有一部新手机,还有一张银行卡,卡上有十万块钱,密码是当初我们计划结婚的日子。

对了,荣荣,我整容了。今天我自拍了一张照片在你那新手机里。请记住我美丽的样子。

爱你的月

看到这里,夏荣明白了。还要再找吗?还要再等吗?他的汪月不是出去打酱油的,也不是出去倒垃圾的,而是像美丽的烟花一样,消失了。

悬挂的收音机

天将亮未亮之际,我从一场还未做完的美梦中醒来,想重返梦境,脑子里却挤入很多今天要做的事。我悄悄起床,轻手轻脚地穿戴完毕,去摸床头柜上的手机,手机却像一条鱼,滑落到地板上。响声吓了我一跳,也惊醒了丈夫。

丈夫嘟哝了一句什么,我没理他。我们俩最近因为生孩子的事闹得有点僵,结婚时说好三年不要孩子,这才两年半,他已等不得了。

上个月,我治好了仇志刚的撕纸行为。我班只有六名学生,四名自闭症患者,两名智力障碍患者。仇志刚是一个自闭症孩子,开学一个星期,我没听到他说一个字。他除了撕纸还是撕纸,他把自己书包里能够撕的都撕得精光,还要去撕同桌的本子。我到文印室找来了一堆废弃的纸给他,他看见那堆纸如获至宝般开心。终于在第三天的时候,他撕纸的速度慢下来了,到了第七天,他仅撕了两张,后来他真的半张纸也撕不了,他把我给他的纸叠得整整齐齐,放在讲台上。虽然他不撕纸后改为摸纽扣，可比起满教室雪花飞舞样的纸片，不知要好上多少倍。

早晨的校园里总是被冲向云霄的儿童歌曲塞得满满的，像每个人的听力都有问题似的。我在学校工作了七八年，感觉自己的听力下降了不少。

我顾不上吃早饭，去了教室。我听见了教室里的吼叫声，那是凌云的。她是一个被智力障碍折磨的女孩，有多动症。她抢别人的东西，自己却虚张声势地大喊大叫，好像是谁欺负了她。我把凌云拉回她的座位，狠狠地批评了她几句。说实话，我也不可能时时哄着他们，总是哄，他们也不吃这一套，就像天天吃甜食，会吃腻。

被我批评的凌云牙齿咬得"咯咯"响，像是想揍我。我不看她，让同学们拿出语文课本，然后我在黑板上写下"太阳"两个字。凌云最喜欢太阳，她的座位被我安排在窗户边。我一边读一边打手语，并指向太阳。凌云安静了下来，她的嘴张成了O形，眼睛眯成一条缝，看着太阳，小脸蛋上满是无邪。我正入神地看着凌云，仇志刚猛地向墙上撞去。我跑过去抱紧了他，他额头起了一个大包。他还要往墙上撞第二次。我看见他衣服最下面一粒纽扣没了。我在他座椅下找到了那粒纽扣，纽扣已经被摸得像玉石一样滑溜。仇志刚拿到了那粒纽扣，回到座位坐下，不再撞墙。

"太阳"这个词，我已经教了两天，六个孩子有两个肯站起来朗读，其余四个还是高深莫测地不肯回答。我试图变成他们其中的一个，不动脑筋地读或不读。我脑中混沌一片，他们究竟是站在哪个维度学习这个词的呢？

下课去办公室，我正想喝口水，吃几块饼干，又接到新的任务，下午学校所有老师都送教上门。我来不及喝水吃东西，赶紧为下午的送教活动做着准备。我脑子里还在想"太阳"这个词，这两个字就那么难学吗？

送教上门活动是专门为不能到学校上课的那些孩子服务的。和普教的孩子比起来，我们这特教的孩子何等可怜，可比起那部分在家还不知道学校为何物的孩子，特教的孩子又是多么幸运。

送教上门活动时间为每周五下午，那个时间在校学生已经被家长接回家。我们全校老师全体出动，为全县在家的特殊儿童送教上门。

我和焦小萌一组，去离城区较远的薛峰家。焦小萌是一个四十岁开外的女老师，说话慢吞吞的。一上车，她就开始打瞌睡。我根据学校给的地址给开车师傅导航，一开始路况还好，渐渐地路越走越窄，只有一车宽，会车时要拐到农户家门口。最糟糕的是有一段路基坏了正在维修，路上坑坑洼洼，一上一下，像过山车。我发着牢骚，开车师傅倒是一个好脾气的人，他只说不着急不着急。焦小萌睡得很死，头一会儿往左晃一下，一会儿往右晃一下。我心里烦，从包里掏出一块巧克力，送进嘴里用力咀嚼。这是我长期以来养成的习惯，巧克力能让我缓解压力。

我嚼着巧克力，看着秋天的农田。稻田里黄绿相间，稻田边上的黄豆叶落得差不多了，饱满的豆角特别显眼。我想起了少年的我，每个黄昏必然走在我家后面的灌溉渠上，看着田野和天空，来来回回走几圈，回家就写一首诗。少年的我宁可看天看云，也不愿意跟别人说话。如果那时父母带我去医院检查，说不定我会被当作自闭症少女。

我们走了一个小时，到了薛峰家。门虚掩着，房子门前的打谷场上晒着玉米。一条小狗迎了上来，狗瘦瘦的，身上的毛没有光泽。

焦小萌喊了两声："有人吗？有人吗？"门里一点动静也没有。按理说薛峰应该在家，薛峰是一个完全没有行动能力的小男孩。

正当我们犹豫之时，一位老奶奶出现了，她是从房子的西边出来的。她的头发几乎是纯白色，背有点驼，身上的衣服不是很整洁。她手里挎着篮子，篮子里有几块红薯，看样子刚刚在屋后挖红薯呢。

我们说明了来意，她半信半疑地看着我们，但还是开门让我们进了屋。屋子里有一股奇怪的气味。堂屋里家具很简单：一张八仙桌、几把椅子、一个老式米柜。堂屋两侧的房门关得紧紧的，西边的房门居然是锁着的，一把黑色的挂锁似封条一样。我确信薛峰就在里面，我盯着那把挂锁。

奶奶从口袋里摸出了钥匙，西房门打开的时候，一股臭味直钻鼻孔，这臭味让我倒退了一步。奶奶抢先进了西房间，她正好挡在我和薛峰中间。我还没有看见薛峰，一台悬挂着的收音机让我惊奇到极点。我赶紧去拉身旁的焦小萌，她没反应。我看向她，她那一双天天都像在昏睡的眼睛瞪得大大的，盯着那收音机。

那台收音机比我的巴掌大一点点,浅蓝色的外壳,被一根红色的塑料带子系着,塑料带子的另一头系在房顶木椽子的铁钩上。我很多年不用收音机了,看见那吊在半空中的收音机,我有要流泪的感觉,思绪一下子回到少年时代。

那时候我家很穷。我五年级的同桌是村支书的女儿,她有一次把家里的收音机带到学校。那一天的所有课间休息,大家都众星捧月似的哄着她。她手里拿着一台收音机,可以对任何人发脾气。我刚巧前一天和她吵了一架,可那是我第一次见到收音机,我还是厚着脸皮地挤在人堆里,听收音机里的歌曲。我至今都记得,那首歌是《外婆的澎湖湾》,欢快优美的旋律让我像吃了糖一样开心。正当我听得起劲,同桌却突然把收音机关了,用她那纤细雪白的食指指着我:"你,不可以听,走远点!"

其他那些跟着歌曲哼哼唱唱的伙伴,顿时都像被施了魔法一样,站着不动了,等他们清醒过来,他们的目光像潮水一样涌向我,我就这样在一瞬间成了众矢之的。有两个男生分别拉着我的两条胳膊,其他人有的推着我的后背,有的拉着我的衣角,我被架到远处一棵大树下。他们把我摁在大树的树干上。他们又一窝蜂地飞向了我同桌。我同桌在远处正得意扬扬地向大家扬着她的收音机。那时,我被一股看不见的力量控制着,蹲靠在大树底下痛哭流涕。

晚上回家,我吵着要一台收音机,母亲随手给了我一巴掌,说我的骨头痒了,欠揍了。我哭着不吃饭,父亲问明了原因,决定给我买收音机。父亲说要帮女儿找回尊严。

可哪有钱呢？父亲决定卖几只鸡。母亲说："你也跟着疯丫头后面头脑发热啊？该卖的公鸡都卖了，剩下的都是下蛋的母鸡啊！"

后来父亲还是卖了几只母鸡，给我买了一台收音机。为这事，母亲跟父亲吵了几架。

奶奶蹲下去时，我看到了轮椅上的薛峰，再次震惊。我相信任何人看见薛峰，头脑中会跳出"熊"这个字。薛峰穿着一身黑色的或深灰色的衣服，房间里光线很暗，分辨不清。他像一头睡着的熊，闭着眼睛坐在轮椅上。薛峰很胖，轮椅特大，那肯定是私人定制的轮椅。说它是私人定制，不仅仅因为它大，而是我看见奶奶从轮椅下端出一只便盆。

奶奶说："这也是没办法，我已经抱不动他了，只能让他穿着开裆裤。"

"他爸妈呢？"焦小萌问。

"他爸妈离婚七八年了，他爸爸出去打工，开始几年还回来，可如今已经三年没有回来了。"

奶奶说完这句话，赶紧端着便盆出去了。

常年穿开裆裤？坐着屁股下带洞的轮椅？随时大小便？夜里也在轮椅上？一个个奇怪的问题在我的脑海中穿梭，乱七八糟，像车辆穿梭在红绿灯坏了的十字路口。屋子里真的好臭。我傻立在西房门口，抬不起跨入那道门槛的脚。焦小萌也没有进门，我估计她在等我先进去。

奶奶已经回到堂屋，便盆被洗刷干净晒在打谷场上。焦小萌转身跟奶奶聊天。与家人沟通，给家人做心理疏导，缓解家人压力，也是我们的课程之一。

"阿——尼——"薛峰突然吐字不清地喊了这么一句。

我没有退路，向薛峰走去。薛峰已经睁开了眼睛，他的眼睛特别小，两眼的间距很大，脖子上有结了痂的伤疤，潮潮的。他好像有流不完的口水，我看着他的这几分钟里，他的右嘴角一直在流口水。老奶奶突然高声纠正说："小峰，叫老师，不是阿姨。"

薛峰细小的眼睛变得更小了，他朝我一个劲儿地笑。

我问："你叫什么名字？"

"小——峰——"薛峰很努力地发出了这样两个音，我觉得他说话时全身都在发力。他的上身和腿都被粗粗的蓝色布带子捆着，他的脑袋向右侧斜去。他的前方有一孔小窗户，窗户很高，只有不锈钢的窗棂，没有玻璃。窗户高得外面人要看里面需踮起脚跟，而坐在轮椅上的薛峰从窗户里只能看见大树顶和天空。

这西房间没有床，也没有后窗，只一张轮椅孤独无依地立在潮湿的水泥地上。日夜陪伴薛峰的就只有那台悬挂的收音机。那台收音机挂得高高的，它和窗户同框，在薛峰目及范围内。细看那台收音机，有点变形，上面的浅蓝色有小块的剥落，看来很旧了，很像我小时候用的那台收音机。我的那台收音机用了四年，外壳上的颜色有了岁月的印记，磨掉漆的地方呈不规则分布，大大小小像老年斑。后来有了电视机，我就不用它了，但我把它一直保存到出嫁那天。我妈说："要么你带走，要么我扔了。"

我没有带走它，但这么多年来，我梦见最多的就是我的那台收音机。我梦见我拿着收音机，走在老家后面的灌溉渠上听连载名著、听经典歌曲、听说书、听相声。我家那条狗也时常默默地跟在我后面，而田野里是一群奔跑的孩子。我家的狗和我一样瘦得像闪电，随着我走走停停，每次它想向田野里的孩子走去，我就调换一个节目，它就留下了。田野里孩子朝我和狗狗扔泥块，我把收音机扔向他们，他们捡起收音机就跑得没影子了。我哭醒了。我做过关于收音机的很多梦，甚至梦见过我在收音机里朗诵自己的诗。

"老——斯——"薛峰在喊我老师。我是他老师，我得教他点什么。我伸出手指："一！"当我教薛峰这个数字的时候，自己也觉得奇怪，我的咬字很重，头不经意地一歪。薛峰笑眯眯看着我。我又伸出两根手指头："二！"我读出这个数字的时候，依然发音很重，头又向另一侧歪去。我怎么有这奇怪的举动？

正在我犹豫着要不要伸出三根手指头时，"我——会——"薛峰说出了这样两个字。他每次说话都这样，尾音拖得很长。他说完，发出了"呵呵呵"的笑声。

他会？他都会些什么呢？我让他说说，他又一言不发。

堂屋里的奶奶哭声很大。焦小萌在说："会回来的，会回来的。"

薛峰停止了笑，他脸涨得通红。"你怎么了？"我刚问完这句，他轮椅下一股小便直落地面，甚至不近人情地溅在了我的裤腿上。那地面上的小便像一条蛇一样游向我的脚，逼得我连连后退。我后退的时候碰到了那条小黄狗，它朝我叫了起来。我赶紧喊焦小萌，焦小萌和奶奶都进来了。

"两位老师见笑了，这日子不知何时是个头，遭罪呀！"奶奶说，"谢谢两位老师来看我们祖孙俩。"

我们说话的时候，薛峰闭着眼睛，依旧满脸通红。

奶奶说："小峰，跟老师再见。"薛峰不理睬，依旧闭着眼睛。

奶奶把我们送到门外时，我还是忍不住要问："那收音机为什么要悬挂着？"

"小峰的手不是不能动嘛，有一次收音机滑到地上，他也拾不到，却被这小狗叼上跑了。"奶奶说到这里，踢了转来转去的小黄狗一脚，"不是小峰叫，我也不知道。收音机要是找不到，我也没好日子过，它是小峰的命。"

奶奶说到这里，屋里的小峰在大声叫："老——斯——"

奶奶说："别理他。两位老师慢走，感谢你们啊。"

想起来我们来一趟也没做什么，就告别了他们。焦小萌上车后不再是瞌睡虫，变成了一只叫个不停的麻雀。她说："薛峰真是一个苦命的孩子，薛峰爸爸三年没有寄过一分钱回来，家里所有的开支都靠低保。薛峰也没吃什么大肉大鱼，就胖成那样。他母亲除了把灾难性的肥胖基因留给了他，其他什么都没留下，孩子不满一岁时母亲就离婚走了……"

我回到家后，简单地做了点饭菜，可我吃不下。丈夫一边吃饭一边看手机。他好像有第三只眼睛，忽然抬起头，问我："怎么了?"

我不说话。他说:"我看你还是换一份工作吧。要不然,我也会跟着疯掉的。"说完,他又埋头吃起来。

临走前薛峰的那声"老斯"一直留在我的脑海里,他一定还有什么话要对我说。我觉得前天的送教上门只是一个开始。

周日这天,我决定再去看看薛峰。我先去小商品批发市场买了一台收音机,浅蓝色的。薛峰那台收音机实在太旧了。

怎么去呢?那路况昨天领教过了,我不敢开车,咬咬牙,喊了一辆出租车。

出租车司机一路埋怨,说早知道是这样的路,他都不来了。我听着很愤怒,这是他的工作,怎么可以跟顾客说这样的话,但我不想惹他。

我赶到薛峰家时,薛峰奶奶在剥玉米,西房门没有上锁。薛峰听见了我和奶奶说话,他大声喊:"老——斯——"

西房间还是那么臭,我迟疑了一下,还是跨了进去。我告诉薛峰,我给他买了一台新的收音机。薛峰非常清晰地吐出了一个"不"字。一旁的奶奶说:"这台收音机是几年前小峰爸爸送给小峰的生日礼物,他当命根子一样护着呢。"

"可我来了两次,也没有听见收音机开过呀,这收音机还好用吗?"

奶奶说:"收音机都是夜里开着。小峰白天睡得多,夜里基本不睡觉。"每天晚上奶奶给薛峰开好收音机,自己去东房间睡觉。每个漫长的黑夜,收音机陪着薛峰。薛峰要在收音机前等爸爸。爸爸买收音机时说过,他出去学唱歌了,以后薛峰会在收音机前听到爸爸为他唱歌。

我认真听奶奶说着薛峰的爸爸。薛峰忽然激动起来,他嘴里发出"嗯嗯嗯"的声音,好像很着急,眼睛盯着窗外。窗外的蓝天上,一架飞机在翱翔。

奶奶叹了一口气,说这孩子把爸爸的什么话都当真。小峰五六岁的时候,他爸爸说过要带他坐飞机上天摘月亮呢。

出租车司机从车上下来了,进门来,告诉我他等很久了。他看了看薛峰,转身又上车去等了。

"爸——爸——"薛峰的眼睛直盯着房门口。

奶奶沉默一会儿,也说了一句话:"刚才那人长得真有点像!"

起风了,收音机微微晃动。薛峰的那一声声"爸爸"向风的深处飘去,不知风那头的爸爸能否听到。

我在司机的催促下上了车。路上,我没有跟司机说一句话,薛峰的事像黏稠的泥塘,让我身陷其中。

晚上,我在床上辗转反侧,白天的画面在我脑中挥之不去。薛峰现在一定独自在昏暗的西房间里听着收音机,他一定盯着夜空,可这黑布一样的夜空,怎么看得见飞机呢?我深呼吸。黑暗中,丈夫的左手紧紧抓住我的右手。我心头一热,忽然想,我们是不是真的该有一个孩子了?

新的一周开始了。我继续教"太阳"这个词,比上周更有耐心,我一定要把这个词教给我的学生。看着我的六个学生,我想起了薛峰。他虽然吐字不清,但他肯定懂这个词。

中午快放学的时候,我被叫到了校长室。校长问:"你和焦小萌上周五家访的是一名叫薛峰的学生?你昨天又单独去了一次?"

我点点头。

"那你必须再去一趟。孩子奶奶托邻居打来电话,从昨天你家访后,这孩子一直不肯吃饭。"

不吃饭这事可耽搁不得,校长安排了一辆车,让我立即去。

天下着小雨。我平时特别喜欢雨天,只要不是倾盆大雨,我从不用伞。可今天雨的缥缈,雨的轻柔,统统不见了。我总感觉有什么东西在车的前方,我要赶紧追上去。

我到薛峰家时,奶奶在薛峰的房间,手里端着一碗青菜面,上面放着一个荷包蛋。她正在劝薛峰吃饭。薛峰紧闭着眼睛,沉默不语。我走进西房间,奶奶看见我,赶紧迎上来,并把我拉到门外去说话。

"老师,麻烦你了。我不能当着小峰的面跟你说这事,这孩子虽然身子做不了主,可他脑子好着呢,什么都懂。"奶奶低声说着,瞅了瞅屋里,好像薛峰随时会冲出来似的。

"小峰认为昨天的那个司机就是他爸爸。这不,闹着要见爸爸,坚决不肯吃饭。我没办法了,才让老师又跑一趟,你帮我哄哄他吧。他这都三顿没吃饭了。"奶奶说完,用手抹了抹眼泪。

"奶奶别哭,我一定有办法让小峰吃饭的。"

我和奶奶来到薛峰身边。奶奶说:"小峰,你看谁来了?"

薛峰睡着了一样，没有理奶奶。"老师来了。"奶奶又加了一句。

话音刚落，薛峰立即睁开了眼睛。"老——斯——"他喊了我一声，喘口气，接着又说，"我——要——爸——爸。"他费力地说出了这几个字，然后用他的小眼睛可怜巴巴看着我。那目光一直疼到我的心里。

我说："好。要爸爸，但要先吃饭，这样爸爸才会高兴呀。"这次我说话没有像上次教他数数时那样被他同化掉，我知道他心里灵通呢。我的语速甚至有些快，像是只要我赶紧说完，他就会立即吃饭。

奶奶又端来那碗面。薛峰不看那面条，依然盯着我，说："要——爸——爸。"我和奶奶互相看了看，奶奶祈求的目光，让我觉得自己很无能。

薛峰看我不说话，似乎感觉到遥遥无期的渴盼与等待又落空了，他闭上了眼睛，泪珠子慢慢顺着眼角流下来。

"小峰，别哭，我——"我不知道说什么好。奶奶接上我的话，说："小峰别哭，老师答应帮你把爸爸带回来。"

薛峰睁开眼看看我，他的目光挡住了我所有的退路。我说："是，我一定尽力。"

薛峰相信了我的话，头微微点了点，有颗眼泪挂在左眼角，还没有落下去，就吃起了奶奶喂过来的面条，吃得很认真。

我一直监督着他吃完那碗面。他吃了很久很久，像刚学会吃饭的婴儿，胸前的布兜不知被奶奶擦了多少回。

外面的雨大了起来，雨水像是注进了我的心里，使我的心越来越沉重。我告别的时候,薛峰一声"老斯"一声"爸爸"交替地喊。那天,我几乎是逃着离开的。

　　回家的路上,司机一直在嘀咕着什么。我打开车窗玻璃,雨斜斜地朝脸上打过来,打疼了我的眼睛。我能圆了薛峰的梦吗?这个问题像薛峰的那滴眼泪,悬在了我的心里。

仙人球

1

杭辛望着昏迷中的鲁一涵，内心宽阔起来。鲁一涵紧闭的眼睛表达着对生命光芒的漠然无视，他的身体任由各种插管主宰，那个总是对杭辛阴沉着脸的鲁一涵不见了。鲁一涵昏迷不醒，一摊子的事塞满了杭辛的整个脑袋，她没有寻死觅活的心思。杭辛突然不再恨他，转眼间他救了她一命。

杭辛接到鲁一涵病危的电话时，西山的落日只剩下半张脸，她的思维凝固在这个黄昏。天空安静地蓝着，各种鸟要么飞过窗前，要么停在屋顶东张西望，但不管它们呈现怎样的姿态，杭辛都觉得这跟归巢有关。每天的这个时候，杭辛就趴在窗台上，隔着玻璃看大门口。她知道鲁一涵是不会回来的，一年多的时间里，黄昏的守望只是一种习惯而已。杭辛等到外面的光线一丝一丝暗下去的时候，就将左手覆盖着窗台上的仙人球上，轻握，用力，用力，再用力，到底用多大的力，才能让左手鲜血直流？为什么会是左手？她毫不含糊地给了自己答案，右手还要负责吃喝拉撒的事呀，她觉得自己很可笑。她知道，不要说伤了左手，就算她失去整条手臂，鲁一涵也不会回来照顾她的。她是一个懦弱怕事的女人，总是没有勇气把自己怎么样。她也曾无数次站在桥上，望着深不可测的河水，试想如果自己跳下去，这河水会怎么折磨她到窒息为止？她记不清自己痛苦了多久，到如今她还活得好好的。

　　杭辛有时刻意让自己身披阳光站在蓬勃的早晨，可试过一次，就不再有第二次了，她没有能力去接受这美好，越美好她越想哭。她没有看过医生，直接确认自己患有抑郁症。鲁一涵的倒下像一粒神奇的药丸，把杭辛的抑郁症治得妥妥的。当医生让她在手术同意书上签字的时候，她突然像窗户被风吹开一样清醒过来，她不再受困于自暴自弃的囚笼，这个世界需要她，她必须振作起来。

　　现在迫在眉睫的是医药费的问题，最迟后天就要交钱了。她必须想办法，会计说公司账上已经没有钱了。

　　杭辛无数次想过自杀，她不知道为什么至今都没有对自己下手，难道潜意识里就是在等今天？就是在等鲁一涵倒下的这一天？这也太歹毒了吧。她承认自己想过她只有熬，熬到鲁一涵不能动了的那一天，鲁一涵就不会睡在外面的女人那里了。可她想的是鲁一涵老得倒下的时候，而不是意外倒下。鲁一涵才四十五岁，男人的黄金年龄。鲁一涵刚开始不回家的时候，杭辛杀了他的心都有，可这念头也只是想想而已，毕竟他们是上大学时班上好几对恋人中唯一结婚的一对。要什么样的情感才能让杭辛嫁到这个小县城，她家可是在省城。好在她没有看走眼，鲁一涵毕业后没有考公务员，下海经商，如今已是成功的企业家。随着生意的越做越大，鲁一涵在十年前就让杭辛辞掉了局科室主任的职务，回家当了全职太太。

院方又在催医药费了。杭辛电话喊来婆婆，让婆婆到医院照看鲁一涵。杭辛必须去公司一趟。她很久没来公司了，自从鲁一涵在外面有了女人，她没踏进公司半步，年会她都没有参加。她是一位糟糕得不能再糟糕的老板娘。

如果不是地址没变，杭辛真以为自己走错了。公司的变化真大，大门刚刚翻新，办公楼多出了一栋，车间也扩建了，五十亩的建筑面积，都合理利用上了。杭辛内心是复杂的，近几年来，她除了恨他还是恨他，可是他也不是只会玩女人啊，公司发展到今天这一步，都是他努力的结果。新来的门卫问她找谁，她有些难过，她的衣食住行都是她每天恨着的丈夫给的，都是这看起来跟她毫无关系的公司给的，自己近几年除了全心全意地怨恨鲁一涵，其他什么都没干。

这是一家纺织公司，大门的左边是办公大楼区，右边是车间区。杭辛进了办公楼，首先向副总了解最近的订单合同，再去财务处查看，心里清楚该向哪几家合作公司要钱了。

杭辛首次出马，收获颇丰，对方听说鲁一涵手术了需要用钱，几家公司老板付欠款都挺爽快。

回到医院的杭辛心情大好，她让婆婆回家休息。不知道是不是因为杭辛脸上显露出好心情，婆婆瞪了她几眼，又伤心地看了看昏迷中的儿子，走了。

杭辛这才想起，自鲁一涵进抢救室以来，在医院的这些天，她还没有流过一滴泪。

鲁一涵是手术后的第五天醒来的。杭辛看见鲁一涵睁开眼的那一刻，她听见自己深深地呼出了一口气。醒来后的鲁一涵明白自己做了脑瘤手术，但为什么全身像木头一样动弹不得？他知道是怎么回事后，就对医生大叫，对杭辛发火，谁让他们救他的！他不要这不听指挥的身体。他绝食了两天。

2

鲁一涵出院回家后的第一件事是放声大哭，杭辛没有劝，为什么要劝呢？他都一年多没进这间卧室了，不可以哭上几声祭奠这不明不白的时光吗？杭辛发现直到现在她也没有原谅鲁一涵。想到以后鲁一涵的饮食起居都是她来照顾，她居然有点自得，他还有办法嫌弃她吗？他还能整晚任性地不接她电话吗？他不能了，一切都变了。

瘫痪带给鲁一涵的灾难是可想而知的。鲁一涵的家是别墅，刚出院那会儿，为了通风、采光，窗户是开着的，小院子门前路上的行人，说话的声音稍微高些，屋子里都听得清清楚楚。鲁一涵听到好事者没有来由替他惋惜的话："你晓得吧，这家老总生意做得大呢，现在瘫痪在床，挣钱再多，又有什么用。"自从听到这句话后，鲁一涵要求杭辛关紧窗户，并拉上窗帘，不肯漏进一丝丝光线，房间里暗无天日。

当鲁一涵要大小便时，他总是熬得满脸通红。满脸通红是个信号，这时杭辛会面无表情地拿着便盆过来。鲁一涵有时会说："你不愿意，你可以不做。"杭辛偶尔也会真的把便盆往地上一放，转身就走。不过杭辛试过，这样赌气的时候，她干任何事都会心神不宁，于是，她又返回房间。当杭辛再次回房间时，鲁一涵不再斗气，不再说愿意不愿意的话，但他大小便的时候，像一个长歪了脑袋的人，总是别过脸去，不看杭辛。杭辛呢，似乎也挺专注。他们在这种时候从不对视。

鲁一涵瘫痪的消息像出了笼子的鸟，满天下飞。麻烦来了，有些人上门要钱来了。面对债主，鲁一涵态度是恶劣的，他甚至有一次对来人大吼："这条命给你，够不够！"杭辛知道，鲁一涵已经飞离了他作为一个正常人的生活轨迹，这个家以后就靠她了，女儿还在上大学，公司怎么办，她该考虑考虑了。

杭辛决定卖了公司，是她接到两个副总的辞职电话后。她去公司看了一下，公司人心涣散，一盘散沙。车间主任都在办公室偷懒，不管车间的事了。公司要尽快出手。

杭辛回到家的时候，鲁一涵又尿床了，就一个半小时的时间，他大小便好像不受控制了。杭辛抽去了垫着的尿不湿后，强行给鲁一涵用上了成人纸尿裤。关于纸尿裤，杭辛之前几次想给鲁一涵用上，鲁一涵就是不肯。但从今往后，情况不一样了，杭辛要出门办很多事，不可能时时刻刻陪在他身边。鲁一涵说："给我点尊严好不好？"

"是你以后每天不浸泡在大小便中重要，还是你的尊严重要？"杭辛不顾鲁一涵的反对，掀开了被子。被子掀开后，杭辛像在征求他的意见似的，停下了，看着鲁一涵。鲁一涵闭上眼睛，没有眼泪，但杭辛听得见他的悲痛。

　　用纸尿裤的事就这样定下来了，杭辛最近心思都放在卖公司这件事上。鲁一涵听见过杭辛的几次电话，卖掉公司这件事杭辛没有跟鲁一涵商量过。可是不卖又如何？他已经是一个废人了，自己一手创建起来的公司，马上就要改名换姓，这世上还有什么是自己的？连身体都背叛了自己。他此时不再怨恨杭辛嫌弃自己，而是睡到另一房间。杭辛这样照顾他已经仁至义尽了，换作是自己，未必能做到杭辛这样。他讨厌自己，他甚至希望杭辛毒死他算了。

　　公司卖到了一个好价钱，杭辛还了所有的欠款，还剩一笔数目不小的钱。这数目足以证明鲁一涵是一个优秀的男人，优秀的男人总有女人勾引。杭辛似乎不那么恨他了，好像他有变坏的资格。他奋斗挣来的钱，她和女儿是最直接的受益者。就是这一天，杭辛进鲁一涵房间的时候，闻到了一股异味。杭辛奇怪，自己进进出出这么多次了，怎么就没注意到这异味？她四下望望，受着窗台上仙人球的指引，决定去买仙人球，买一屋子的仙人球。

　　现在市面上有各种各样的家用净化器，杭辛不买。仙人球可以净化空气，这是鲁一涵告诉她的。上大学时，杭辛的鼻炎到了宿舍就变得严重。鲁一涵给她买了一盆仙人球，让她放在宿舍。这招果然奏效，杭辛的打喷嚏、流鼻涕得到了缓解。仙人球是鲁一涵送给杭辛的第一件礼物，他们恋爱了。

　　如今，杭辛买了一屋子的仙人球放在鲁一涵的房间，室内的空气好像顿时清新了许多，虽然鲁一涵依旧神情黯然，但他觉得不胸闷了。鲁一涵看着忙碌着的杭辛，错综复杂的往事像冬天里的雪片在他眼前纷纷扬扬，他有要落泪的感觉。

杭辛忙好仙人球，问鲁一涵想吃什么，这是鲁一涵出院回家后杭辛第二次问鲁一涵想吃什么。第一次问鲁一涵想吃什么，鲁一涵当时回答："毒药。"杭辛之后再也没问过他。今天杭辛又再问起这句话，鲁一涵回答："随便。"

杭辛在给鲁一涵熬骨头汤的时候，家门口出现了一位红唇的年轻女人。这女人看起来三十岁左右，两手拎着礼品，一开口便叫了一声"杭姐"，自称是鲁总的朋友，过来看望鲁总的。杭辛将她从头到脚打量了一番，女人衣着讲究，笑容坦然。鲁一涵生病至今，女人上门看望，她是第一人。这就是令鲁一涵不回家的女人？

"你找他有什么事？"这话一出口，杭辛就觉得自己极蠢，她没等女人回答，继续说，"他不想见任何人。"

"杭姐，我跟他是有生意往来的，我们之间的账还没有算清呢。"女人说罢，就进了门。

你是不是那个婊子！这句话杭辛是在心里说的，但她的目光替她准确无误地传出了这句话。

"姐，有必要这样吗？鲁总都那样了，我就跟他说几句话，又不会拐走他。"女人依旧笑盈盈的。

杭辛觉得自己这样气急败坏，倒是先输了气势，她也轻笑起来："巧得很，我正等着你来拐走他呢。"

杭辛对着东房门口，喊了一声："一涵，有人看你来了。"说完，杭辛向厨房走去。

女人愣了一下，收起笑容，进了鲁一涵的房间。

厨房在东房间的斜对面，中间隔着客厅。杭辛虽然骄傲地进了厨房，但她不能真的淡定到不想知道他们的谈话。她在厨房里静静站着，连呼吸都小心翼翼的，可他们的谈话那么隐秘，密不透风，连一粒灰尘都钻不进去。杭辛此时肯定，她就是那个让鲁一涵一年多都不回家的女人。杭辛一下子被推到愤怒的旋涡之中，她再也站不住了，轻轻地走向房间。刚走了两步，她的步子又放重了，她是这里的女主人，没必要像贼一样。

杭辛推开房门，板着脸，两条胳膊抱在胸前，站在房门口。她看见鲁一涵的目光像闪着寒光的匕首，女人的脸上也都刮得下霜来。

"你们谈好了吗？如果谈好了，你可以走了，我并不欢迎你。"杭辛拿出了面对情敌应有的态度。女人也不再认这个姐姐了，她白了杭辛一眼，对鲁一涵撂下一句话："你好好想想，过几天我再来。"

3

夫妻二人进入了冷战状态，杭辛不问这女人的来路以及他们都谈了些什么。鲁一涵也不解释，还是那副死猪不怕开水烫的模样。杭辛心里有气，她为他买回一屋子的仙人球，希望他活得久些。让他活得久些干吗？就是可以更长久地伤她的心吗？他主动解释一下会死吗？

她报复性地拉开窗帘，让强烈的阳光闯进来。鲁一涵看见阳光像被人剥光衣服似的难受，他让杭辛拉上窗帘。杭辛根本不理，她站在窗户前，背对着鲁一涵。"你有什么见不得人的事，非要藏于阴暗中？"说着，她转过身来，"就是她吗？"

"现在说这个有意思吗？请你拉上窗帘。"

"我要是不拉呢？"

"你这就是谋杀！"

杭辛冷笑一声，走出了房间。谋杀就谋杀吧，她不相信一窗户的阳光就能杀死他。自从鲁一涵出院回家，这房间像阴间一样终日不见阳光，陪葬的还有这些衣橱啊、电视啊，对，还有结婚照。这是主卧室，当时接回鲁一涵的时候，她想都没想，就让鲁一涵住在主卧室，因为她一直住在主卧室，一直在等他回家。如今真的把他等回来了，她却不愿意跟他睡在同一张床上。一年多不回家的丈夫，杭辛咬他几口都是应该的，就不要谈什么和和美美同床共枕了。为了便于夜间的照顾，杭辛睡在主卧室旁边的小房间。其实自从鲁一涵用了纸尿裤后，没那么麻烦。鲁一涵吃得不多，大小便相对较少，杭辛夜里都不需要过来看他了。

鲁一涵心里明白杭辛恨他，恨又怎么样呢？他巴不得她杀了他才好呢。他痛恨自己还活着，为什么不一下子干干脆脆死掉呢？非要这样丢人现眼。白天章茜茜来，他看见她，倒是眼圈一红，可她连一滴泪都没有，只急切地问他，孩子今后抚养费怎么办？为什么那个柔得似水的女人变得这样面目皆非？他给了她一个饭店，股权都归她，她还嫌不够。

杭辛自拉开窗帘后，半天没进这房间。她再次进来的时候，太阳已经落山了，白昼的亮光开始淡下去。杭辛左手拎着一瓶红酒，右手的食指和中指夹着一个高脚杯。她把高脚杯放在窗台上，倒上半杯酒，身子侧靠着窗台。她开始跟鲁一涵说话了。

"你知道这个窗台是我最喜欢的地方吗？"

鲁一涵动动僵硬的脖子，没有回答。杭辛也没有期待他回答的意思，说完端起酒杯，脖子一仰，喝光了半杯酒。

"你知道我在这个窗台用光了我的五百零一个黄昏吗？"杭辛一边说话一边倒酒。

鲁一涵依然动了动他僵着的脖子。整个下午他几乎都是后脑勺对着窗户的，偶尔转动一下脑袋，也是眼睛盯着天花板，他坚决不看外面。

杭辛说完，看看盯着天花板的鲁一涵，她又喝下了半杯。

"知道我这一生最后悔的是什么吗？就是听了医生的鬼话。"杭辛低着头，又在慢慢倒酒。

"你别喝了。"鲁一涵终于开口了，他知道杭辛没什么酒量。

"如果我不听医生的，坚决怀上二胎，会生出一个儿子吗？我知道你想要一个儿子。"杭辛一仰头，半杯酒又顺利地下了肚。

鲁一涵不知道说什么好，他不清楚自己背叛杭辛，是不是因为生儿子的事，他不想给自己这样一个有脸面的解释。

"你看，黄昏多美，它总把我推向我们的大学时代。你黄昏时在我宿舍楼下等我，我总是打扮又打扮，镜子照了又照，出现在你的面前。"杭辛说出了眼泪，就把眼泪当下酒菜好了，这一口特爽。

鲁一涵来不及说点什么，杭辛又"咕咚咕咚"倒了半杯酒，她举着酒杯的右手有点晃悠悠的。

"记得你送我的第一件礼物吗？仙人球。真扎心啊。"她又把酒杯送到嘴边，有两股血一样的红酒从嘴角边缓缓地流向脖子。喝完酒，她左手抓着窗台上那盆仙人球。这带刺的仙人球，她就想真真切切地抓紧它一回，可她还是失败了，这次她不怕疼痛了，手却使不上劲。

杭辛喝到第七杯的时候，人软软地瘫在了地板上，只说了一句："太困了。"然后她真的在地板上睡着了。

鲁一涵看着睡在地板上的杭辛，他什么都做不了，只会用鼻孔"呼哧呼哧"地喘着粗气。

4

章茜茜在三天后又来了，她这次没有和杭辛说一句话，就熟门熟路去了鲁一涵的房间。杭辛愣在原地，她觉得章茜茜像一个侵略者，在她的土地上横行霸道。杭辛回过神来，也向鲁一涵的房间走去。鲁一涵房间的门被关上了。杭辛还没有来得及开门，就听见章茜茜抱怨的声音："要不是为了你，我也不会被单位辞退，你说过要对我的一生负责的。"

"我倒下后，你除了要钱，你喂过我一口水吗？你还跟我谈负责任？"

杭辛还想听下去，可她为什么要这样偷听？她可以光明正大地站在他俩面前，想到这里，杭辛推开房门，她看见鲁一涵和女人像仇人一样对视时，杭辛瞬间有点开心，就在一旁看看戏吧，用不着她动手，他们会互相残杀的。看这情景，想必上次谈得不愉快。

"你先出去。"鲁一涵对杭辛说。

"这是我的家,我为什么要出去?"

"这也应该是我的家,他都答应我好几年了。"章茜茜挑衅地看着杭辛。

"他答应我的事多了去了,我从没信过,只有你这蠢女人才信。"杭辛说出这句话的时候,她自己都不相信,像有鬼魂附体似的。是的,她也不再是从前的她了。

"你们都给我滚出去。"鲁一涵喊起来。

"儿子的抚养费不解决,我是不会走的。"

杭辛一听,耳朵里轰轰作响,她像掉进了冰窟窿,身子筛糠一样颤抖起来,眼泪像积蓄了几辈子似的,源源不断地往下流。

他们竟然有儿子了!

章茜茜看着崩溃的杭辛,又点上一把火。

"要不要看鲁总跪着向我求婚的视频?要不要看他怎么伺候我们母子俩的?"章茜茜说完,就打开了手机上的视频。视频闹哄哄的,真的像是婚礼现场,只有"亲一个,亲一个"的声音冲击着耳膜。

杭辛冲向鲁一涵,两只手去抓他,她不知道她要怎么着他。可鲁一涵像一株植物或一件家具一样,不还手不还口。她又转向章茜茜,怎么着也应该揍她一顿,但章茜茜不好对付。杭辛的长发可吃了大亏,杭辛奔过来的时候,章茜茜占得先机,一把抓住杭辛的头发,就掌握了这场战斗的主动权。两个人扭打的过程中,杭辛的脸撞上了床头柜上的一盆仙人球。

鲁一涵大叫:"章茜茜,你放开她,我答应你的要求。"

章茜茜放开了杭辛,杭辛完全不是她的对手。杭辛受伤的额头莲蓬一样,几股鲜血像从大小不等的泉眼里不停地往外冒。章茜茜愣住了,她轻轻地说了声"对不起",转向鲁一涵,说:"别忘了你刚才答应的事。"章茜茜说完就走了。

鲁一涵让杭辛去医院。杭辛没理他,自己去家用备用药箱找了碘伏,用棉签蘸着碘伏对着镜子清洗,有两处严重的,杭辛贴了创可贴。

杭辛在家遭人一顿打,额头上的创可贴像投降的白旗,她要厌到什么地步?可她不能报警。鲁一涵这样是不是犯了重婚罪?她可以在心里恨他,却不能将他示众。

章茜茜不知道倚仗着什么。次日,她又来了。杭辛没留意的时候,她已经进了大门。杭辛把鲁一涵的房门一锁,去洗衣服。章茜茜没有求杭辛开门,她对着紧闭的房门,大声说道:"涵涵,你真不要儿子了吗?"

房间里死一般的寂静,章茜茜等待了一会儿,又说:"如果你不给儿子抚养费,我只能带着他重新嫁人,给他找后爸,后爸啊。"

"你差不多就得了,饭店的股份我不要了,算作我给阳阳的抚养费。"鲁一涵终于发话了。

"饭店生意不景气,这你知道的。"章茜茜赶紧接话。

洗衣服的杭辛耳朵留在他们二人那里,杭辛听到还有饭店在那女人手上,她把手里正洗着的鲁一涵的睡衣往盆里一扔,水花溅到她的脸上,她双手往脸上一抹,就抹出了眼泪。

后面的话杭辛没有听见,没一会儿,只见章茜茜铁青着脸走了。

5

这一天,杭辛没有做饭,也没有进鲁一涵的房间,她窝在客厅的沙发里,胸口有些疼。门外的芍药花开得正盛,白蝴蝶、花蝴蝶飞来飞去,阳光好得闪眼睛。杭辛悲伤地看着,所有的美好和她一点关系都没有。

天即将暗下来的时候,鲁一涵在房间里喊。杭辛一动不动,她不担心他会出什么事,他连寻死的能力都没有。杭辛连灯都懒得开,更懒得理鲁一涵。屋子里和天色一样渐渐暗下去,杭辛随着黑暗沉到底部。

天完全黑透的时候,鲁一涵又在房间里喊杭辛。这次,他的声音有些弱,像风中摇曳的蜡烛。

午夜时分,杭辛从沙发上站起,她头一晕,脚下一虚,又跌坐在沙发上。鲁一涵就喊了两次,之后便安安静静的了。杭辛没有想出所以然,事情仍然是一团乱麻,怎么都理不顺。

杭辛打开房门,开了灯。鲁一涵眼睛瞪得大大的,杭辛吓了一跳,以为鲁一涵出了意外。她急切地向他走去,他开口说话了:"我想跟你谈谈。"

"谈什么?谈你的私生子?谈你的饭店?或者谈你有多少个女人?"

鲁一涵依旧瞪着天花板,好像那天花板上写着他要忘记的台词。

"我想跟你离婚。"鲁一涵说这句话的时候,杭辛着实吓了一跳。离婚？他想干什么？去跟章茜茜结婚？就他这样，章茜茜会要他？鲁一涵太荒唐了。

"离婚？好啊，我给你自由，你爱往哪里飞就往哪里飞。问题是你还飞得了吗？"杭辛讥讽道。

"我不飞，我要这间房子的居住权。"

"要房子？行。你还要什么？尽管要，我都满足你。"

"我什么都不要，所有财产都归你的名下。"

杭辛当然答应离婚，一个瘫着的男人，都不要她，她拾起最后的尊严，赶紧离婚。杭辛请鲁一涵的律师来到家里，律师起草离婚协议书时，问了三遍："真的自愿放弃所有财产？"

律师拉着鲁一涵的手在离婚协议书上按手印的时候，律师觉得自己的手在抖动。

拿到离婚证书的那一刻，杭辛对婚姻的撕裂和释怀，像黑暗中的一道闪电，划亮了她的天空。离婚当天，她疯了似的摔着满屋子的仙人球。当她拿起窗台上那盆仙人球时，她的心针扎般地疼，那是一盆陪着她守候了一个个寂寞黄昏的仙人球，一时间，她的愤恨慢慢四散开去，某种柔软游丝般从心底升起，她缓缓地放下了它。

离婚后的鲁一涵，并没有采取任何行动。离婚与不离婚对于鲁一涵来说，其实并没有差别，他还是瘫在那张床上等死。但鲁一涵还是离婚了，从拥有千万资产的老总变成了身无分文的穷光蛋，只有别墅的居住权，离婚与不离婚还是有差别的。

杭辛并没有为自己一下子拥有许多金钱而欣喜若狂。她隐隐约约猜出了鲁一涵离婚的目的。杭辛的内心是复杂的，像沸水一样翻腾不息。

杭辛在等鲁一涵开口,要不要替他捎个口信给章茜茜。这事其实不用杭辛操心的。离婚后的第二天,章茜茜就来了。杭辛没有阻拦,不要说一个章茜茜,就算来一百个女人,她都不好阻拦了。

章茜茜在鲁一涵房间的时间不到三分钟,就大嚷起来:"你这个没有良心的东西!"说罢,她气冲冲地出了房间。

章茜茜的眼睛里冒着火星子向大门口走去,没走多远,她又幽幽地返回来,站在杭辛面前,用病人般虚弱的声音问:"你这样欺负着一个瘫痪的人,欺负一对孤儿寡母,你一辈子会心安吗?"说罢,她迟疑片刻,然后像漏气的气球,软塌塌地走了。

以后的日子,章茜茜再也没出现过。杭辛依旧照顾着鲁一涵,她买了一把轮椅,时不时地请邻居帮忙,把鲁一涵弄上轮椅,推他到屋外散散心。房间里的窗帘也拉开了,阳光从窗外照射进来,整个房间又温暖又敞亮。窗台上的那盆仙人球有了阳光的照射,长势很好,竟然开出了花朵。